S P R I N G

每一本好書都是一顆種子，
春天播種在你的心田夢土上。

Spring

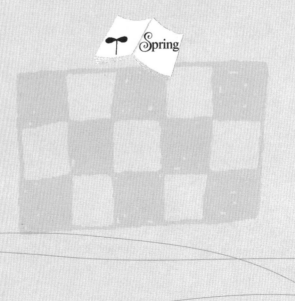

S P R I N G

每一本好書都是一顆種子，
春天播種在你的心田夢土上。

Spring

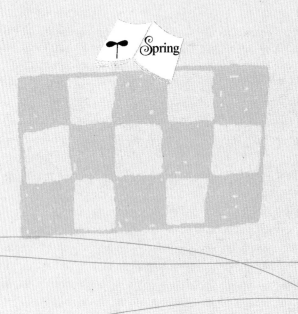

S P R I N G

每一本好書都是一顆種子，
春天播種在你的心田夢土上。

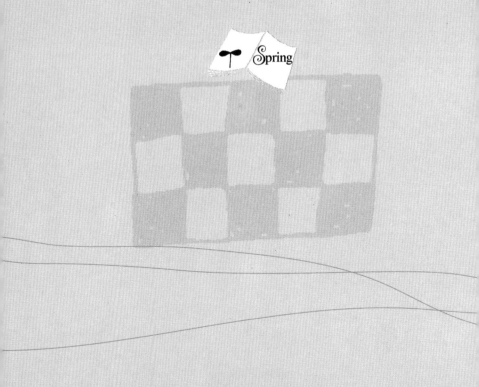

Spring

S P R I N G

每一本好書都是一顆種子，
春天播種在你的心田夢土上。

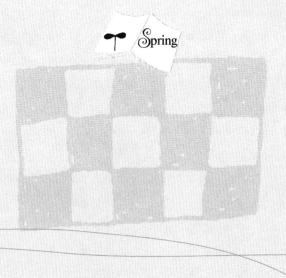

地獄系列第二部
2
地獄遊戲
一部穿梭歷史，顛覆神魔佛妖的線上「地獄遊戲」正式啟動了
歡迎光臨地獄遊戲！請輸入您的姓名！若是新玩家，請按照程序註冊……

自序

現在時間是一月六日晚上八點，我打算和心愛的女朋友參加一個朋友的簽書會，這位朋友是同樣被歸屬於網路文學，帶有奇幻風格的另一個作家。但是我遲到了，而且還不是普通的遲到，是那種可能到簽書會結束，我都不會出現的那種遲到。

在車上，我因為太累小睡了一下。今天一整天都在實驗室和燒杯、試片、Xray檢測奮戰，下午五點的時候，匆匆收拾筆電，在台灣這波寒流的祝福下，踏上台北的旅途。

睡醒的時候，車子塞在高速公路上，周圍的人都睡了，一片漆黑之中，我只感覺到自己的存在，純然的寧靜。

我想到自己，這些年來，我盡力扮演是一個好理工人，我也盡力追求美好的寫作世界。

這兩個世界在多數人的眼中，不僅毫不相關，甚至是互相對立的，文學的感性和純粹，與理工世界的嚴格和邏輯，這兩種特質竟然同時出現在我身上，這只證明了一件事，我的太陽星座果然在雙子。

但是，這兩個世界對我來說是互相渲染的，我的故事作品中隱藏了大量的科學思考，而論文中難免出現調皮的文學情調。

在車上，我安靜的想著，這樣很好，也許矛盾，也許辛苦，也許會讓周圍的人有些無法理解，但是，還是很好，此刻當一切人聲都安靜，只留自己在一片純然黑暗之際，我感覺自己很喜歡這樣的自己，這樣就夠了。

Div 於高速公路上

地獄遊戲 目錄

楔子《古老的黑榜傳說》

在遠古的地獄中，流傳著一張令人畏懼的通緝令，它的名字叫作「黑榜」，黑榜上記錄著在地獄中惡行重大，又實力驚人的鬼怪，它們有的已經被驅逐出了地獄，有的則被封印在地獄最深處的監獄中。

對凶惡的妖怪來說，能上黑榜，不但不是一種恥辱，反而是一種榮耀。

雖然黑榜的起源已經無法考證，但是黑榜的執法者卻是地獄政府，它們依照黑榜上所記錄的妖怪排名，給予一個懸賞獎金，吸引全世界各地的除靈高手和戰鬥法師，投入打擊黑榜的行列。

而獵鬼小組，這個分布在全世界各地，負責清除人間惡靈的英雄們，也就是黑榜群妖最大的宿敵。

值得一提的是，「黑榜」的妖怪雖然強，但是真正令地獄政府畏懼，足以震動整個地獄的高手，卻是黑榜上的十六位頭目。

這十六頭目，按照橋牌的花色排列，分別是四張A、四張老K、四張皇后Q，以及四張傑克J，總計共十六位超級強者。

十六頭目如果從後面數回來，四張J指的是獨來獨往的強大妖靈。

四張皇后是四位震古鑠今的女性妖靈。

四張老K除了擁有驚人的靈力之外，同時更是手握重兵的將帥級妖靈。

然而，最恐怖的，則是四張A，這四個人都是古往今來神佛魔三界的頂級高手，他們地位之崇高，力量之強大，已經可以和地獄政府抗衡，甚至凌駕其上了。

這十六頭目中，最便宜的賞金梅花J，都有超過五億的價碼。甚至只要通報他們行蹤，就可以領到五百萬的懸賞。

但是，這數百年來，仍沒有人能撼動這十六頭目的地位。連一張J都沒有被換下過。

不過，根據地獄總部內部的消息，堅如磐石的十六頭目地位，卻面臨了可能易主的危機。

原因無他，因為地獄列車一役中，有吸血鬼之祖尊稱的德古拉和光明帝王亞瑟王，雙雙脫離了地獄掌握，消失無蹤，如果他們要反抗地獄政府，恐怕會逼使黑榜上的十六頭目來一次大洗牌！

另外，相對於地獄公佈的「黑榜」，鬼怪黑道們也有樣學樣的搞出了一個「白榜」。

黑榜針對的是妖怪，「白榜」是針對妖怪的敵人，也就是各大獵鬼小組，進行高額懸賞。

據說，在J退休之前，他的人頭值五千萬地獄幣。

而坑殺整個曼哈頓獵鬼小組的價碼，則是二十億地獄幣，可惜，目前仍沒有人可以撼動曼哈頓獵鬼小組分毫，直到地獄列車之役，才正式瓦解了這個無敵的除鬼團隊。

連曼哈頓獵鬼小組都被迫瓦解，整個計畫背後的陰謀，究竟有多大呢？

第一話《一封來自台灣的信》

親愛的少年H先生：

您好，H先生，我是台灣地獄管理局局長。非常冒昧寫這封信給您。會寫這封信是的原因十分無奈，若非迫不得已，我也不該叨擾您。

最近台灣靈界，有一個非常棘手的大案件，而台灣的獵鬼小組能力不足，無法處理，聽說您也是源自古老中國的靈界高手，跟我們同源同種，想必不會袖手旁觀，所以才鼓起勇氣跟您求助。

這事件我曾跟「亞洲地獄管理局」反應過，可是因為沒有足夠的證據，證明這是一件靈界事件，所以亞洲地獄管理局也無權加派武力來駐守台灣。

可是，根據我長時間處理靈界事件的經驗，我有強烈的預感，這件事必定與靈界、地獄，甚至整個人間，有著非常大的關連和影響。所以百般無奈之下，我決定寫這封信給您。希望您能本著同是中國人的立場，來協助台灣處理這個奇特的案件。

台灣地獄管理局局長　經國留

少年H看完信之後，把信小心的折起來，閉目沉思著。

這封信從他收到為止，兩個月的時間，來來回回讀了不下十遍，他不斷思索裡面所提到的「大事件」，到底會是什麼事？

台灣？據說那是一座位在大陸東南方海洋上的小島，對地獄靈界來說，那該是一個非常平靜，少有大事的祥和之地，就算有鬼怪，也應該是地方性的小妖小魔，沒有上千年的魔怪傳說才對。

不過，也因為如此，官僚的地獄管理局，才更有可能忽略台灣出大事的徵兆。

少年H想到這裡，他起身，拉開窗簾，迎面而來的，是讓人精神一振的秋天陽光。

沉浸在這片舒坦的日光中，讓少年H不由的想起了幾週前，那場讓人畢生難忘的「地獄列車事件」，回想起這個事件，連經歷無數風雨的少年H，都感到一陣激動。

雖然「地獄列車事件」並沒有在地獄鬧開，被層層的地獄管理組織給壓了下來。地獄發行的報紙上，也只有少數的報紙用極小的篇幅，簡單的描述著……

「曼哈頓地獄列車發生小暴動，造成列車幾乎誤點。」

多麼簡單的一行字啊！可是誰知道，裡頭不知道包含多少場驚天動地的殊死戰，多少生死相搏的驚險場面，更別提當時列車上的人物，都是地獄中赫赫有名的妖魔鬼神了。

這報導只有一行字，甚至比不上「地獄貴夫人」新推出的「血肉果汁機」廣告，這台果汁機無論是要絞碎蜥蜴還是人類，都一級棒，是地獄巫婆們的最愛。

可是，地獄政府跟人間政府其實差不多，越是嚴密控管的報導，越表示事情嚴重，背後隱藏了越巨大的祕密。

這一戰之後，看了眾多夥伴的喪命，地獄政府姑息養奸的態度，少年H原本就要離去的心，又更堅定了。

他並不是害怕生死關頭，也不是恐懼魂飛魄散，他只是想回到故土，他好想念那說話會捲起舌頭的北京話，那個污濁髒亂，卻又倍感溫馨的黃色大地，中國。

所以這次台灣的邀請，他毫不考慮的答應了。

他站在陽光明媚的午後房間裡頭，突然想到，距離他離開曼哈頓，只剩下短短一週的時間了。

現在，是應該去跟老朋友道別了。

第二話《探病》

少年H穿上一件紅色的薄夾克，戴上墨鏡，背著Nike背包，非常輕鬆的出門了。

他這身裝扮，是跟美國小孩學來的，他發現，越是高明的身手，越要懂得將自己隱藏在人群中。

中國一位名諧星不也說過，「板凳乃是七大武器之首」，就是這樣的道理。

那位諧星其實是前任的地獄獵鬼小組成員，還是被人尊稱為中國長江一號的高手。不過他退休之後，就進入演藝界，把他滿腦的「鬼」點子變成電影。

少年H想著想著，就到了狼人T現在寄居的地方。

「曼哈頓一號鬼醫院」

這裡在人類的眼中，是一棟廢棄鬧鬼的醫院，沒啥人敢靠近，其實裡頭可熱鬧了，因為這裡是曼哈頓醫院中，設備最齊全也最多病患的一間醫院。

少年H拿著狼人T寄給他的明信片，上頭有著狼人寫給他的病床號碼，還有狼人T代表親密的一個血色狼吻。

「啊！T0714號。」少年H在一個病房門口止步，「是這裡了！」

少年H握住門把，正要推門而入時，突然聽到裡頭傳來一陣小孩們的笑聲。

少年H微微一笑，推門而入。

裡頭的景色，是一個高大壯碩的男子躺在床上，被十幾個小朋友包圍，或坐或臥，或趴或抓住這男人嘻笑著。

小朋友都伸出小手，扯著那名男子，笑喊道：「狼叔叔，我們還要聽嘛！你多說些故事嘛！」

那個小孩口中的狼叔叔，正是曾與少年H並肩奮戰的夥伴之一，也是將地獄列車平安送達終點的功臣，狼人T。

只是此刻的他沒有變身成狼人，一頭淩亂的長髮，披在肩膀上，顯出他的不修邊幅。不過他一臉濃眉大眼，猶如刀斧鑿開的英挺五官，反而將他的不羈，襯托出豪放迷人的流浪者氣息。

狼人T看見了少年H，先是一愣，隨即眼睛笑瞇了一線。

「各位小朋友，叔叔有朋友來了喔！」他摸了摸周圍小孩的頭髮。「下次叔叔再跟你們說，『帥氣狼吃掉三隻惡魔怪物小豬』的故事，好不好？」

「叔叔你賴皮！」小孩們嚷著不依。「你還有『帥氣狼打敗巨大母羊和七隻小怪羊』的那段，上次也沒講！」

「好好好。」狼人T哭笑不得，「叔叔再加一個，『奸惡魔王小紅帽和奶奶，被帥氣狼用計打敗』的故事。」

小孩聽到狼叔叔許下承諾，發出歡呼，高興的一轟而散，往房門外跑了出去。

少年H目送著小孩們離去的背影，露出溫馨微笑。「都是狼族小孩？」

「對啊。」狼人T在床上往後一倒，雙手枕在頭後。「都是一些被父母拋棄的孤兒，真是可憐。」

「嗯。」少年H隨手把他帶來的一袋哈蜜瓜放在桌上，「給你的，什麼時候出院？」

狼人T先是呆呆的看著那一袋哈蜜瓜，然後用他毛茸茸的大手，摸了摸少年H的額頭，又摸了摸自己的額頭。「H兄弟，樓下有內科，你要不要去掛個號，你好像發燒了？」

「發燒？掛號？」

「對啊。」狼人T看著那袋哈蜜瓜，露出嘲笑的表情，「馬的，你來探狼人的病，竟然帶哈蜜瓜？你不是發燒是什麼？你以為狼人吃素啊？」

「哈哈哈哈。」少年H大笑起來，伸出手，親暱的揉了揉狼人T的鼻子。

「慘了慘了，你的鼻子不管用了，連這是什麼都聞不出來？提早退休了啦，一起來台灣玩吧。」

「什麼啊？我是因為沒有變身，如果我變身……」狼人T露出不服氣的表情，對著那袋哈密瓜嗅了嗅，隨即露出驚喜的表情。「這是鹿肉！而且氣味濃郁……是加拿大森林的五角鹿？」

「噹噹！猜中了！」少年H微笑。

「你哪弄來的啊？五角鹿肉被我們狼族奉為最上等極品啊！」狼人一聲歡呼，急急的撕開塑膠袋。

「看你急的。」少年H笑道，「我託朋友走地獄路線運來的，絕對新鮮。」

「哈哈哈。」狼人T露出心滿意足的表情，對著那袋被哈蜜瓜包住的鹿肉，用力深呼吸，感受裡頭芬芳的肉香。「醫院裡頭的伙食爛斃了！還是你最了解我！H兄弟！」

「嗯。對了，你什麼時候出院？」少年H悠閒的坐在病床的邊緣。

「醫生說還要一個月，悶死我了！」狼人T嘆了一口氣。「他說我胸口被割開，傷及心臟和肺葉，這個傷最麻煩，可惡的鬼牌小丑。倒是肚子的傷好的很快，據說是貓女攻擊的時候，銳利精準，又巧妙的避開神經叢，所以組織沒有壞死，縫上線之後，幾天就痊癒了。」

「好可怕的刀法，沒想到貓女……真是厲害。」少年H陷入了回憶之中，「說實在的，我真不想再跟她打一次了。」

「是啊。」狼人T摸了摸肚子的傷痕。「貓女實在是個難得的超強角色，據說她現在被關入了地獄第九層的極寒監獄中。實在讓人惋惜……」

「極寒監獄？！」少年H一陣錯愕。「地獄列車事件中，貓女沒殺半個人。為什麼要被送入地獄中最嚴酷的極寒監獄。」

「我也是在醫院聽人說的。」狼人T嘆了一口氣，貼進少年H的耳朵，說道：「因為她是列車上，唯一還保持清醒的頭目級人物，甚至有人懷疑她就是黑榜十六強中的黑桃皇后！所以地獄管理局用盡酷刑要她說出主謀，可是，貓女不管受到什麼樣的酷刑，總是掛著甜甜的迷人微笑，什麼都不說。最後主審官一怒，就把她送進了極寒地獄。」

「啊，貓女……其實……我覺得……」少年H下意識摸了摸自己的頸子，回想跟貓女對決的驚險場景，一句話脫口而出。「她是故意放我們一馬的。」

「H兄弟。」狼人T沉吟半晌，慢慢說道：「原來你也這樣想。」

「啊！你也這樣覺得？」少年H一驚，整個人從床邊跳了起來。

「貓女曾是地獄界最令人聞風喪膽的暗殺高手，加上她的巫術聞名靈界，先說她割開我肚子的手法，連醫生都讚嘆無比，超越外科手術的俐落技巧，讓我完全沒有受到永久性傷害。」狼人T說道。

「是啊，要不是我的武術走的是以柔克剛，又經過數千年的鍛鍊，要接下貓女那幾招，還真的不夠格！」少年H搖頭。

「對啊，H，還有她與你對決的時候，你難道不起疑嗎？她巫術這麼厲害，恐怕不在你的道術之下，卻從頭到尾都沒有使用。」

「是啊，我也曾經起疑。」少年H慢慢的嘆了一口氣，「貓女是刻意不殺我們，但是，我想不出理由。」

「嗯，貓女一定有她的理由，不肯明說，也因為這樣才會被打入極寒監獄中。」狼人T苦笑。「而且我有種奇怪的預感，這個地獄列車事件，恐怕還沒有結束。」

「……」少年H沉思了半晌。「我也這樣覺得，地獄列車事件，恐怕只是一個開端而已。」

第三話《地獄醫學局》

少年H離開了曼哈頓一號鬼醫院，心頭沉甸甸的頗難受。

不只是即將要跟這群出生入死的夥伴告別，加上聽到貓女的事情，讓少年H心情更是複雜。

整個地獄列車事件，似乎陷入了一片陰霾的膠著中，地獄管理局始終無法查出德古拉伯爵和亞瑟王為什麼憑空消失了，還有他們究竟到哪去了？

這兩個實力超強的絕世高手，說是被敵人同時滅殺，幾乎是完全不可能的。

唯一的解釋，就是他們在最後一刻闖開了列車的牆壁，然後悠然遁走。

但是這兩位在地獄中頗受尊崇的長者，為何要做出這樣的決定？實在太不合理了啊！

少年H深深了一口氣，他決定什麼都不想了，眼前最重要的是去台灣，先把台灣的案件處理掉。

曼哈頓的地獄列車事件，就讓它劃上尾聲吧。

思索間，眼前的一棟建築物讓少年H停下了腳步。

「地獄醫學局」

「地獄醫學局」可以說是地獄中最神祕的組織之一，醫學局裡頭的人員，多是世界有名的醫學靈魂，現任局長更是發明了古老中國醫術的醫聖——華陀。

華陀的銀針和草藥之術，聽說不但能醫治人類的疾病，連妖怪和靈體，都能進行醫治和……破壞。所以，華陀這人的評價兩極，有人說他為了追求醫學之道，已經走火入魔，有人則說他的醫術通神，但是，所有的人都不得不承認一件事，就是華陀是一個擅長醫術的超級高手。

而醫學局和平常的地獄醫院不同，這裡不和一般的病患打交道的。

他們研究的，是更高領域的靈子醫學。

他們甚至成功研究出「複製羊靈魂」。他們將這個羊的靈魂命名為「逃吧！哈力！」。

可是對於複製靈魂的行為，卻震驚了整個地獄，輿論的壓力之下，迫使「地獄醫學局」轉為研究抑制「地獄癌症」和克服「地獄愛滋病」的藥物。

但就少年Ｈ對華陀的認識，此刻的他，決不可乖乖屈服於輿論的壓力，他一定固執的繼續他複製靈魂的研究上。

因為華陀擁有這樣驚人的醫術和可怕的執著，所以，Ｊ才會被送入這裡。

Ｊ已經死了！

至少當時少年Ｈ已經確認過，身受如此殘酷的酷刑虐殺，Ｊ又不是阿努比斯，擁有來自古老埃及的特異靈魂，照理說J應該早已追隨另一個陣亡的夥伴雷，魂飛魄散，不得超生。

但是，還有一個辦法，就是讓身體已死，靈體重傷的J來到「地獄醫學局」，接受非法的「靈魂重生」療程。

少年H可以感覺到，當初蒼蠅王為了J所做出的犧牲，有多麼大了！

蒼蠅王在列車上那一句「華陀，賣我蒼蠅王一個面子」，不知道要付出蒼蠅王多少的代價！

因為現任「地獄出入境部長」的蒼蠅王，等於握有醫學局在邊境進出各種藥物和物品的生殺大權。

尤其現在華陀為了研究靈魂學，所進口的藥物，恐怕都是不能見光的祕密禁品。

蒼蠅王等於賭上了自己的前途，為了J，也為了曼哈頓獵鬼小組。

說到蒼蠅王，少年H倒是很敬佩的。

為了他，獵鬼小組不顧生死踏上充滿兇暴怪物的列車，也是沒有人多說第二句話，蒼蠅王面冷心熱，是一個難得的好上司。

少年H看著眼前這棟斑白陰森的建築物，他知道就算來到「地獄醫學局」的門口，戒備森嚴的醫學局也不可能准許他進入。

所以他只在門外，深深的一鞠躬。

輕輕的說道，「組長J，我走了。謝謝你這兩年的栽培。」

少年H在幽靈騎士雷的墳前，獻上一束花。

他雙掌合十，默禱著。

「幽靈騎士啊，我活著的時候，人們總說，不知道死後的世界如何？可是我死了以後，才發現，原來死亡之後還有一個未知的世界。所以我並不知道你來到地獄之後，又死了一次，這次你會到哪裡去了呢？

「地獄有十八層，但是十層以下的阿鼻地獄，就不是天堂和管理局能夠控管的了，有人說在地獄死掉的人會到阿鼻地獄去，可是也有人說，在地獄死去的靈魂，會魂飛魄散，永遠消失。

「可是，我現在倒蠻希望，在地獄之下，還有一個世界，管他叫作什麼阿鼻地獄？還是地獄的地獄？抑或是地獄的地獄的地獄？你應該會到那裡去吧？

「也許你現在已經報名了『地獄的地獄』的獵鬼小組，負責幫『地獄』除去惡靈，就像是我們幫『人間』除靈一樣，呵呵，這樣就算看不到你，我也可以感覺到你的存在。」

「嗯。其實我們都很羨慕你，你最後一戰打得精彩，還把你的宿敵梅花J蘭斯洛打敗。至少，你不用再被這些悲傷的夙願所牽累。你自由了。」

「再見，雷。英勇的幽靈騎士。」

少年H說完之後，對著墓碑，深深的敬了一個禮。

第四話《小蠅》

這裡是地獄出入境管理部，一片雪白光亮的地板，人們快速的步伐，展現這部門的嚴謹和管理能力。

蒼蠅王，在地獄中位高權重，是名聲顯赫的出入境部長，向來以冷酷無情著稱。他掌管著地獄的第一層，也就是人間和地獄的交界，俗稱為地獄第一層層主。

極少人知道蒼蠅王的力量究竟到達什麼境界，也極少人知道蒼蠅王的過去。只知道他在一千年前接下這個「地獄出入管理部」之後，立即雷厲風行的整頓荒誕的混亂地獄和人間邊界，並將整個出入境的制度推入正軌。

他更是推行人間獵鬼小組制度的關鍵人員之一，後來他被授權，可以直接對獵鬼小組發號施令。

換言之，蒼蠅王的權力，已經大到跨越靈界和人間，成為地獄中人人懼怕的人物。

可是，如此權傾地獄的蒼蠅王，此刻卻露出了罕有的疲態，因為接連不斷的怪事發生，正象徵著持續了千年的和平已經出現裂痕，隨時都可能爆發危機。

尤其是剛才他接到曼哈頓醫院的消息，「狼人T竟然不見了！」

雖然說狼人T並沒有受到監禁，可以自由離去，可是這樣不告而別，實在太不符合狼人T的個性了。

根據醫院的報告，狼人T的病房完好無缺，沒有任何戰鬥的跡象，管理嚴格的曼哈頓醫院也沒有狼人T離去的記錄。

但是事實上，狼人T的確是消失了，就像從病房中蒸發一樣，完全失去了蹤影。這狀況實在太不合理了！蒼蠅王幾乎可以肯定，狼人T不是自願離去，不是遭到挾持，就是遇到非走不可的威脅。

蒼蠅王嘆了一口氣，他決定明天要親自走一趟曼哈頓醫院，狼人T這樣的老江湖，如果被逼離去，或是中伏被擄，也許來得及留下什麼關鍵線索。

他也只能這樣期待了。

蒼蠅王邊走邊想，走在嶄新明亮的地獄管理部長廊上，再過一個迴彎，就是他的辦公室了。

蒼蠅王依舊沉思著，將J交給華陀，應該是個正確的決定，因為華陀雖然在地獄的武鬥界中，沒有什麼名氣，可是就蒼蠅王所知，華陀那手『靈灸』出神入化，如果不是十六頭目親自駕臨，華陀要保護這個白榜懸賞極高的J，應該是綽綽有餘。

蒼蠅王慢慢走近他的辦公室，他的辦公室是屬於獨立的房間，外頭則有數十名地獄人員在自己的桌前辦公。這些人員，看見嚴格的老闆來了，每個人都低著頭，加倍認真起來。

可是蒼蠅王完全沒注意到，他依然沉浸在思考中，他想到了黑榜上的十六頭目，最近不斷接到他們蠢蠢欲動的消息。

十六頭目已經沉寂好幾百年了，竟然在『地獄列車事件』之後，紛紛動了起來，難道這兩件事情有關連嗎？

蒼蠅王嘆了一口氣，右手握住自己辦公室的門把，就要推開。

突然，他動作一停。

臉上的表情瞬間僵硬。

隨即，一顆晶亮的汗珠，竟然從他的太陽穴緩緩滲出，隨即快速的滑下，滴在他的手臂上。

蒼蠅王，這個權傾地獄的人物，此時此刻，竟然對著一扇門顫抖起來。

然後，他慢慢抬起頭，用力吸了一口氣，帶著覺悟的神情。

推門而入。

去面對門後那個等待他的人。

門內，一樣是寬闊明亮，一塵不染的辦公室。

只是，部長椅子上卻多了一個人。

這人半躺在蒼蠅王的座位，兩條腿擱在桌上，面對蒼蠅王這樣的大人物，他實在太肆無忌憚了。

可是蒼蠅王不但沒有憤怒，還慢慢的靠近這不速之客，大約五步的距離才停下。

蒼蠅王頭一低，恭敬的說，

「撒旦王，您好。」

這個被蒼蠅王尊稱為「撒旦王」的男人瞄了蒼蠅王一眼，露齒一笑，「好久不見啦，小蠅。」

撒旦的外貌看來約莫二十出頭，一頭黑髮紮成馬尾，姣好的面容，帶著幾分帥氣和幾分的豔麗，竟給人一種雌雄莫辨的奇異魅力。

「是很久了。」蒼蠅王一字一句，慢慢的回答。「距離您離開總部，大概有一千年了。」

「果然有一千年啦。」撒旦手中玩著蒼蠅王的紙鎮，那是一個蒼蠅的木雕頭顱，笑道：「聽說我還被什麼……黑榜……列名為鑽石A啊？」

「是。」蒼蠅王道。

「真是不夠意思。」撒旦笑了笑，「那個混蛋蚩尤，竟然排名在我前面？要不是這小子跟地藏王聊過天以後，就不知道躲到哪去閉關了。否則真該找他出來打一架才對！看看誰才是真正的黑桃A！」

「啊！聽您這樣說，」蒼蠅王臉色微變，「難道……傳說中，黑桃A蚩尤與地獄聖佛地藏王一戰的傳言是真的？」

「哈哈。」撒旦眼睛閃過狡獪的光芒，「他們只是聊天而已，不過聊的有點激烈，聊壞了幾座山和幾片湖。話說回來，小蠅。你這的保全實在太差，我直接開門進來，竟然也沒人發現我？」

「是。」蒼蠅王微微苦笑，「只是如果您真的要進來，我想換哪個保全都一樣吧。」

「我是擔心你的安危啊，小蠅。」撒旦漫不經心的玩著手中的紙鎮。「你啊，最近要小心一點。」

「啊……王，您的意思……」蒼蠅王雄軀一震，撒旦王要提醒他什麼嗎？

「小心點總是好的。」撒旦把雙腳從桌上拿下，伸了一個大大的懶腰。「尤其是地獄最近不太平靜。」

「是，王，可否請您說明白一點……」蒼蠅王殷切的說。

「小蠅啊，」撒旦把紙鎮放回桌上，看著蒼蠅王，「我只能說有個麻煩人物正在惹麻煩，而且他挺難惹的，連我都沒有把握能對付他，目前看來，他佔盡優勢，你們地獄如果還不清醒，恐怕很快就會完蛋了。」

「王，您說的麻煩人物……」蒼蠅王兩道劍眉皺起，「是十六頭目裡頭的人物嗎？難道是另一個A……」

「呵～～～」撒旦沒等蒼蠅王說完，雙手伸直，打了一個大大的哈欠。「等你等到都快睡著了，我要回去睡覺了。」

「王，這……」蒼蠅王有些著急。「可不可以請您說清楚一點呢？」

「小蠅，」撒旦把馬尾一甩，雙手插入口袋，帥氣的跳下椅子。「記得，無論如何，要懂得保護自己。」

「王，是……」蒼蠅王低頭，他知道撒旦王的個性，知道已經無法再追問下去了。「謝謝王。」

「嗯。」撒旦慢慢的走到辦公室門口，就要推門而出，好像又想到什麼似的，轉頭說道。「有時候，危險會在你沒想到的地方發生，像是什麼小鎮、小島，還是什麼小國家之類的，那種地方最危險，記得喔。」

「是，謝謝王。」蒼蠅王用力一鞠躬。

「掰啦。」撒旦吹著口哨，推門而出，輕鬆的穿過數十人的走道，每個人雖然詫異，但是看到他從部長室出來，也沒人敢說半句話。

辦公室中，留下蒼蠅王一個人。

原本冷酷冰冷的雙眼，此刻竟然有些泛紅。

只聽到他在自言自語，「王，謝謝您在過了一千年之後，還特地來提醒我的安危……」

「王，謝謝你！」

蒼蠅王對著門，深深的一鞠躬。

第五話《沉睡的吸血鬼女》

嘶碰！公車的門緩緩開啟。

少年H跳下公車。

他右手握著一張紙，紙上寫著一個地址，這是吸血鬼女的住址。

這是少年H在曼哈頓告別老友之旅的最後一個目的地，吸血鬼女所居住的公寓。

可是，他很猶豫，到底該不該按下電鈴，拜訪這個夥伴。

因為，距離地獄列車事件結束，已經整整三週了，吸血鬼女卻仍在昏迷中，始終沒有醒過來。

曾不斷有地獄管理局的人，試圖要讓吸血鬼女清醒，因為她是當時被打破的八號車廂中，唯一的生還者和目擊者。

地獄當局推測，吸血鬼女也許在意識不清之際，看到什麼關鍵的線索，像是誰打開了八號車廂的牆壁？還有德古拉和亞瑟王究竟到哪去了？

整個地獄列車事件陷入一片迷霧中，包括是誰在最後一刻開啟了黃泉之門？誰最後逆轉了小丑？整台列車載滿了從古到今的怪物，又是怎麼一回事？

而地獄當局認為，這些謎團的缺口，就是這個「八號車廂破洞之謎」，亞瑟王和德古拉為什麼會消失？怎麼打破了這個車廂？如果他們是主動離開？那表示他們是不是知道了什麼事？

只要解開了這一道謎，後面的謎團就會像骨牌的連鎖效應一樣，一個接一個揭開，至少地獄當局是這樣相信的。

所以他們為了讓吸血鬼女清醒，可以說是煞費苦心，各種醫術，從人類正統的醫學，專治蝙蝠的資深獸醫，甚至能窺探夢境的靈界巫師，只差沒把地獄最強的兩大醫者之一的華陀找來，可是吸血鬼女卻依然陷入深深昏迷之中，她雙眼緊閉，面無表情，彷彿還在夢境中優游。

到最後，地獄不得不放棄，把吸血鬼女送回公寓，再想其他辦法。

而公寓中，有一個苦苦等待媽媽回來的十歲女孩，她一看到睡著的媽媽終於回來，就緊緊抱住媽媽，眼淚不斷的掉落，再也不願意放開她的雙手。

思及至此，少年H猶豫起來。

他知道此刻的道別是不合時宜的，因為他不但只能見到昏迷不醒的吸血鬼女，甚至還會碰到淚眼汪汪的小女孩。

可是，當他的右手在電鈴前，慢慢縮回手指，握掌為拳，然後他嘆口氣，轉身要走的時候。

門「依呀！」一聲，竟然打開了。

十歲的金髮小女孩打開了門，大眼睛愣愣的注視著少年H，一句話也沒說。

「啊？啊？」遇到這樣的情況，少年H一時間慌了手腳，要知道對他來說，面對一個十歲的小女孩，其實比巨大的山怪要困難的多了。

「你來找我媽媽的嗎？」小女孩終於開口了，稚嫩的聲音中有著淡淡的鼻音。

「嗯。」少年H難掩訝異的神色。

「噓……我媽在睡覺喔。」小女孩把食指放在唇間，小心翼翼的說。

「我知道。」少年也學著小女孩，把聲音放低。「我原本想跟她說幾句話而已……不過現在我想不必……」

「請進！」小女孩把門完全打開。「哥哥你請進。」

「謝謝。」少年H站在外頭，卻沒有要進去的意思，傻笑。「我想不用了，因為……」

「大哥哥，等一等！等一等啦！」小女孩看見少年H要走，竟然表情著急起來。

「啊，小妹妹，怎麼了？妳難道有什麼話想對我說嗎？」少年H問道。

「不是！大哥哥！」小女孩抓住少年H的手，就要把他拉進屋子裡。「你不能走，你不能走啦。」

「這……」少年H不想出力抵抗，任憑小女孩把他拉進了屋子。

少年H剛走進這棟屋子，迎面而來的，是一股非常溫馨的感覺，這是屬於中世紀家庭式的溫暖。

淺紅色的地毯，深棕的長沙發，古色古香的壁爐，將原本冰冷的公寓空間，佈置的有如溫暖的小窩，從這裡可以看出，吸血鬼女是一個非常有品味的家居主人。

「大哥哥，可不可請你去看看媽媽？」小女孩看著少年H，美麗的淺藍瞳孔，傾訴著她的懇求。

「呃……這……這當然好。」少年H微微一笑，他走了幾步，突然停下來，轉頭問：「小女孩，剛才你怎麼知道我在門外？要來開門？」

「嗯。」小女孩抓住少年H的手，神秘兮兮的說：「這是個祕密，大哥哥不准跟別人說喔。」

「好！打勾勾。」

「不可以告訴別人喔，其實……」小女孩把嘴靠在少年H的耳朵輕輕的說道：「是媽媽告訴我的。」

「嚇！」少年H大驚，身體猛然一震。「你剛說什麼？難道，吸血鬼女醒了嗎？！」

「媽媽還沒有醒啦……」小女孩聽到媽媽的事情，大大的眼睛有些溼潤，小小的鼻子皺成一團。「但是，是媽媽告訴我的。」

「我不懂。」少年H抓了抓自己的頭髮，困惑的說：「既然吸血鬼女還沒醒，你又是怎麼知道……」

「大哥哥，你來了就知道。」小女孩拉著少年H的手，走進吸血鬼女的臥房。

少年H走進房間，只看見一張紅黃相間的古銅大床，上面躺著一個面容安詳的女子，女子一頭柔細的金髮在枕頭上優雅散開，有如童話中等待王子的睡美人。

地獄政府的情報果然沒錯，吸血鬼女還在沉睡！

「媽媽是這樣告訴我的喔。」小女孩跑去牽起吸血鬼女的手，對著少年H高興的說：「媽媽的手指頭，剛才動了！」

「動了？」少年H露出不解的微笑。

小女孩臉頰潮紅，興奮的說：「媽媽用手指頭跟我說，她要等的人來了，要我趕快去開門啊！」

「啊？手指頭怎麼跟妳說話？」少年H滿臉迷惘，他越來越不知道怎麼跟這個十歲的小女孩溝通了。怎麼想，都是巨大的山怪比較好對付啊。

「真的啦！」小女孩臉頰嘟起來，「媽媽的手指會說話，不然你來摸摸看。」

「好好好。」少年H聽小女孩的話，把手放在吸血鬼女的手指上，安靜的等了一分鐘。「沒有啊，手指頭又沒有嘴巴，不會說話……咦？」

靈波！？

這是靈波啊！

少年H一驚，原本掩飾的高手氣勢，毫不保留的暴漲開來，「吸血鬼女在釋放靈波？」

「大哥哥，你看，媽媽的手指頭是不是會說話？」小女孩看見少年H整個氣勢陡然一變，得意的說。

「嗯。」少年H閉起雙眼，右手緊緊抓住吸血鬼女的手指，呼吸調緩，心靈放空，他要嘗試捕捉吸血鬼女斷斷續續的靈波。

小女孩看見少年H突然嚴肅起來，很懂事的安靜下來。

「吸血鬼女在釋放靈波，表示她的靈魂還在，只是沒有辦法清醒，只是……她究竟想告訴我什麼呢？」

少年H眉頭微蹙，只有特殊的靈能修行者，才能釋放出可以被偵測到的靈波。

在靈子學中，靈子是構成靈魂最基本的單位，而每個靈子都有一定的振動頻率，也有固定的波長。

但是一般的亡靈，他們的靈波都非常的短，就算是最精密的儀器也難以偵測。

可是修行者，可以自由調整靈子振動的頻率，頻率和靈波的波長成反比（請參考量子力學：de Broglie定律），尤其是極為高明的修行者，甚至可以釋放出肉眼可見的靈波，也就是人類所謂的「氣」

在地獄列車上，少年H就曾見過德古拉手中幽幽的黑氣，那是頂級高手才能展現出來的可視靈波。而陰暗屬性的德古拉，展現的靈波就是灰沉的黑色。反之，亞瑟王有如陽光般的金色靈波，剛好呼應了修行者本身的屬性，跟德古拉一明一暗，剛好形成強烈的對比。

而此刻，吸血鬼女正嘗試透過靈波，與少年H溝通。可惜無論是吸血鬼女和少年H，都沒有足夠的修為，能將靈波提升到肉眼可見的範圍內。

所以，為今之計，是少年H調整自己的靈波長度，跟吸血鬼女的靈波吻合，至少要相當接近，才能真正明白她的意圖。

少年H潛心進入靈修的狀態，他不斷深呼吸，這是中國古老武術的基本法則——呼吸法。

他要藉著調整自己的靈力，跟吸血鬼女的靈波同調才行。

「啊！」就在這一瞬間，少年H發出大叫，因為他捕捉到了吸血鬼女的靈波的同時，身軀忽然一震。

碰！一股強大的重力直撲向少年H，把他整個人從床邊撞起，背脊狠狠撞上了牆壁。

然後他身軀緩緩的，順著牆壁滑下。

「大哥哥……」小女孩似乎被少年H的異常嚇呆了。「你……你怎麼了？」

只見少年H慢慢睜開眼睛，搖了搖頭，伸手抹去嘴角的血跡。

一抹微笑，在他的嘴邊揚起，「沒事，我只是突然明白，你媽媽想跟我說什麼。」

地獄遊戲《歷史資料》

曼哈頓獵鬼小組

【獵鬼小組】成立的時間相當久遠，而且遍佈全世界，根據地獄歷史最吵的資料，獵鬼小組源自於古老的中國，一名叫作鍾馗的落第狀元，進入地獄後接受地獄的委託，因為當時皇帝昏庸，人間惡靈四處作孽，鍾馗於是組織了地獄的高手們，對惡靈進行肅清和淨靈的工作。

但是隨著時間過去，世界各地也逐漸跟進，為了保護人間不被惡靈攻擊，也為了維持人間和地獄的平衡，獵鬼小組在世界各處一一成立。

獵鬼小組成員的遴選，主要是針對在人世間有著強大力量的人，他們死後若有夙願未了，地獄便跟他們簽下合約，幫助這些強者完成夙願，同時強者也接受地獄的訓練，然後回到人間維持和平。

獵鬼小組的工作十分繁雜，而且各國的習俗也不盡相同，唯一可以確定的是，獵鬼小組雖然發揮極大的功能，卻非無敵。遇到真正的怪物，還是需要向地獄本部求救。

其中，J所領導的【曼哈頓獵鬼小組】，是數百年來，獵鬼小組中的翹楚。

曼哈頓獵鬼小組，成立時間總共四百五十一年，不少有名的地獄高手，都曾是這小組的成員，有些人完成夙願然後「畢業」，不少人也英勇的在戰場上殉職。

J加入獵鬼小組的年資是兩百零二年，接任組長時間共一百一十年，期間共處理一萬四千六百二十五個案子，完成率達到九十一%，他同時擁有地獄頒發「六星」的榮譽，目前已確定退出曼哈頓獵鬼小組。

幽靈騎士年資共一百六十四年，獵鬼小組二號，工作期間共完成八千四百一六件案子，完成率八二%，擁有地獄頒發「四星」榮譽，日前在執行任務時，不幸陣亡，地獄特地追加「五星」，並加封榮譽騎士。

吸血鬼女年資共一百五十一年，獵鬼小組三號，期間共完成八千七百七十件案件，完成率九六%，地獄頒發「四星」榮譽，她同時是全世界獵鬼小組排行榜中，完成率的冠軍，她的美貌和力量，更是全世界獵鬼小組們的偶像。目前因病請假，暫時無法接受任何任務。

狼人T年資一百零一年，獵鬼小組四號，期間完成六千零二件案件，完成率八一%，地獄頒發「三星」榮譽，日前提出調職倫敦申請，審核中。

少年H，年資兩年，期間完成二十件案子，案件太少不計完成率。他的身分是「獵鬼小組實習生」，所以不予編號。實習結束，已經確定要分發到台灣獵鬼組。

地獄遊戲

這次地獄列車任務結束之後，竟讓曼哈頓獵鬼小組全部換血，這樣的情形，在獵鬼小組的歷史中，也是十分罕見的，以往多是經歷十分慘烈的大戰，或是圍捕地獄排行榜中前十名的老大，才會偶而出現這般慘況。

曼哈頓獵鬼小組歷史悠久，揚名國際，是全世界獵鬼小組的楷模，所以向來也負有培育獵鬼小組實習生的重責，這次全部瓦解，更成為地獄十分頭痛的大事。

（歷史資料出處：地獄史）

第六話《機場》

當少年H抵達台灣中正機場的時候，已經是深夜了。

他背著簡單的行李，站在白的發亮的機場大廳思考著，現在的時間實在太晚了。得先找個地方歇歇腳，明天再連絡台灣地獄管理局。

正當他躊躇今晚要去哪過夜時，人潮稀稀落落的機場大廳中，竟然有三個人高舉著一個紅色的板子。

板子是這樣寫的：「歡迎少年H，古老中國的大師，蒞臨台灣。」

「咦？」少年H對著那個板子快步走了過去。

「你是誰啊？」舉著牌子的幾個人，完全無視這個陌生少年的到來。「小朋友不要來煩我們，我們在等一個大人物。」

「你們不是在等少年H？」

「對啊。」其中一個胖胖的傢伙，指著板子說：「上頭不是有寫嗎？」

「我就是少年H。」少年H微笑。

「小朋友不可以說謊喔。」一個年紀約莫二十來歲，打扮新潮的美女，長髮披肩，身材姣好，她摸了摸少年H的頭。「少年H可是中國古老的大師，你看起來不過十五六歲，不可以騙人喔。」

「嗯。少年H是中國古老的大師？」少年H用手指搓了搓下巴，想起來，他現在的下巴的確一根白鬚都沒有。「原來謠傳是這樣說的啊？我是少年H，可是我不是大師啊。」

「像這樣的大師，一定不可能是小毛頭的，雖然他名字中有『少年』兩字，想必是他的代號吧。」美女眼神飄向遠方，用崇拜到白癡的笑容說著。

「也許是他的戰鬥密碼。」舉牌的第三個人跟著開口，他約莫二十來歲，戴著一副深度近視的眼鏡，一副營養不良的研究生模樣。

「不不不，是大師人老心不老，所以刻意取名為『少年』，給人一種年輕的感覺。」胖胖的男子嘻嘻一笑。

「對啊，中國古老的大師應該就是這樣！」美女聲音微微提高，「充滿深厚的智慧氣質，卻又保持年輕人的好奇心，好期待！好期待！這位傳說中的大師，就要來台灣了！」

「對啊。」帶著眼鏡的男孩看了看手錶。「只是大師的飛機似乎誤點了？時間算一算，他也該到了。」

「你懂什麼！所謂的大師，就是要讓人等的大人物！」舉牌的胖子說：「我想我們就算等到天亮，也是應該的，大師在考驗我們的耐性，看我們有沒有資格接受他的栽培！」

「喔喔！大師……」只見接機的三個人同時用一種癡迷的眼神，看著板子上頭的「大師」兩字，發出令人難以忍受的聲音。

少年H呆呆的看著他們幾個一搭一唱，突然有種衝動，想要馬上買張機票，飛回曼哈頓。

因為他發現，什麼比巨大的山怪更能對付？是十歲的小女孩！什麼比十歲的小女孩更難對付？肯定就是台灣地獄管理局派來的接機人員了。

「嗯。」少年H實在不忍心讓他們繼續等下去。「其實你們說的那位……嗯……古老中國的大師就是……」

「是他！！！」

少年H話還沒說完，只見那三個接機人員同時把手指向前方，同聲尖叫。

「肯定是他！那個正向我們走來的人！」

「看他滿臉斑白的長鬍子，智慧的眼神，悠閒的態度！正是我理想中大師的模樣啊！」

「還穿著一襲白色的長袍，右手拿著一本發黃的古書，實在……實在是太讓人感動了，果然是大師～～」

少年H順著他們的手指方向看去。

果然看到一個頗有「大師」風采的人，正踏著悠閒的步伐，手裡持著一本發黃的古書，面帶微笑，緩步對著他們走來。

三個接機人員，爆出歡呼的聲音，對著那位「大師」直奔過去。

「大師！大師！」

「你終於來了！大師！」

「這……」少年H手叉著腰，正自苦笑。「怎麼這麼巧，剛好這時候，蹦出一個『大師』？」

那位「大師」看見有三個人興高采烈的舉著紅牌子，一邊招手一邊朝他跑來，「大師」嘴角隱隱揚起一個冷笑。

而少年H則搔了搔頭上的棒球帽子，在原地緩緩踱步，他在思考要如何跟這群台灣地獄局的人員解釋，其實軀殼這樣的東西，並不是絕對的。

「不對！」

突然，少年H動作一頓，猛然抬頭，往那三人的方向看去。

前方，那位「大師」正張開雙臂，發出呵呵的笑聲，迎向那三個無厘頭的台灣人。

少年H臉色微變，右腳一蹬，有如一隻展翅的大鳥，在空中一翻，越過台灣那三人。

「欸？」

胖子只覺得肩膀被人輕輕一踩，一個俐落的黑影，已經落在他們前面。

只見這道黑影右手前指，伴隨著一道銳利的金色光芒，以迅雷不及掩耳的速度，插入那個「大師」的胸口。

「妖怪！還不現身！」這黑影不是別人，正是少年H。

一陣慌亂的驚呼中，那大師模樣的人，受到了少年H的手指一戳，發出劇痛的怒吼，忽然身形巨大數倍，衣服碎開，毛茸茸的肌肉從裡頭露了出來。

此時，少年H的背後傳來一個溫柔的女音。「小兄弟，謝謝你，接下來讓我們來吧。」

話一說完，少年H看到一條紅色的絲線往前甩去，紅光綻放，剛好捆住了那妖怪的脖子。

同時，剛才那個新潮美女手持著紅絲線，越眾而出，繞著妖怪繞圈狂奔起來。

隨著美女的奔跑，紅絲線越綁越多圈，把妖怪的脖子密密麻麻的捆繞起來。

妖怪雙手抓住脖子，發出尖叫，不斷掙扎，妖氣暴漲，紅絲線頓時被崩斷不少。

妖怪強悍，情況逐漸危急起來，美女忍不住高聲斥道：「死胖子！還不快來幫忙！」

同時間，那胖子發出震耳欲聾的一聲大喝，右手高舉，忽然一個比他身軀還要大上幾分的巨大銅槌，憑空出現。

「急急如律令，碎魂巨錘，怪物受死吧！」

話剛說完，胖子高高躍起，雙手持鎚，對著這頭妖怪狠狠地砸了下去。

銅鎚落下，轟然巨響，激起沖天的煙霧，對著那隻妖怪直壓下去，如果擊中，那妖怪馬上會變成一片肉色薄餅。

最後，那個深度近視的男子，他扶了扶眼鏡，笑了笑，從口袋拿出一個奇怪的機器。「換我了，看看我的電子收妖儀，把他變成我的電子寵物吧。」

這機器像是坊間賣『電子寵物』的機器，發出奇異的綠光，可是，男子的機器並沒有派上用場。

因為胖子的銅鎚並沒有擊中妖怪，它被擋住了，竟被一隻瘦弱少年的手，給輕鬆擋了下來。

這手的主人，當然是少年H。「且莫殺它，留活口問話。」

眾人呆呆的看著眼前這一幕，每個人都是瞠目結舌，胖子的伏魔鎚，尋常妖怪被他輕輕一錘就是魂飛魄散，此刻竟然被少年視若無物的單手接下，

就在這一片驚訝的靜默中，少年H手一旋，妖怪竟然像是喝醉一樣，翻倒在地，連妖怪自己都感到莫名其妙。

然後，少年H右腳踩住那妖怪的胸口，只聽到那妖怪發出一聲低嚎，適才崩斷紅

線的兇暴模樣盡去，頓時變成小貓般溫馴。

牠吁吁喘氣，在少年H的腳下，再也無法動彈。

「你們好，容我再自我介紹一次。」少年H看著滿臉訝異的那三名台灣人，露出一個爽朗的笑容。「敝人就是少年H。」

第七話《台灣獵鬼小組》

「天…天師您好，您…您叫我阿胖就好了。」那個胖子靦腆的笑了笑。「我不是什麼有名的高手啦。剛才你看到的就是我的法寶，伏魔鎚。我是台灣獵鬼小組的三號。」

「天師您好，我叫做珍娜，可以叫我娜娜。」剛才拿著紅絲線纏繞妖怪的美女，嬌笑的說：「我是台灣獵鬼小組的二號，我擅長的武器是靈絲，我可以把靈氣轉化成絲狀，用來捆綁和追蹤敵人，很好用喔！」

「天師，您好！我叫做眼鏡猴。」那個戴著深度近視眼鏡的男子，消瘦的臉龐露出害羞的笑意。「我是台灣獵鬼小組的四號，可惜，剛才都沒有我表現的機會，我最擅長的是『靈電學』，我的武器都是以科學方法製造的機器，用來對付靈界的妖魔鬼怪。」

「用科學儀器除靈？」少年H詫異的問。

「對啊。這是新一代地獄興起的除靈方式。」眼鏡猴扶了扶眼鏡，這是他的習慣動作。「我生前就是專攻理工科技的，死後我自己研發了許多關於靈能的機器，還有超過一百項專利喔。下次再讓天師看看我的厲害吧！」

「嗯。原來是台灣的獵鬼小組到了。」少年H跟三人微微欠身，「失敬失敬，我是曼哈頓獵鬼……」

「我知道！曼哈頓獵鬼小組！」娜娜搶著說：「天師你不用自我介紹了，我們幾個人早把你的資料倒背如流了，你是我們台灣獵鬼小組的共同偶像喔！」

「偶像？！」少年H一呆。「我……？」

「是啊。您還在人世時，脫離少林寺自立武當一派，還從龜蛇相爭中悟出了太極一式，以及之後的太極劍，道術和武術兼備，堪稱中國武術大師，您啊，早就是我們每個武俠小說迷心目中的偶像了！」

娜娜越說越激動，吞了口水之後，又繼續說道：「所以，當我們知道您兩年前接受地獄的徵召，加入了曼哈頓獵鬼小組，我們都興奮到睡不著！我還收集了您當時在地獄日報上全部的剪報！只是……只是沒想到您有一天真的來台灣了！哇！！」

娜那話還沒說完，用手摀住嘴巴，竟然激動到眼淚流了下來。

「這……會不會太誇張了。」少年H哭笑不得。「原來我這麼出名？」

「您當然有名啦！」眼鏡猴扶了扶眼鏡，接口說：「『世界獵鬼小組雜誌』還把您評為年度最有希望的新人。不過，我個人最喜歡的是美麗妖豔的吸血鬼女。她已經蟬聯十年拿到最受歡迎，最美豔，還有任務完成率最高的巨星了。」

「我出道才兩年，不知原來獵鬼小組還有這麼多有趣的事啊？」少年H淺淺一笑。

「大師，我必須要說，尤其是一個月前的地獄列車事件，您實在太棒了！」

始終沒出聲的胖子，原本低沉的嗓音因為興奮而高昂起來。「聽說您一開始就收服了牛頭？甚至燒了整車的野獸？還單挑千年貓女？最後甚至清空日本妖怪的車廂？我真的忍不住要問，這是真的嗎？」

「是真的啊。只是地獄不是封鎖消息嗎？你們怎麼……」少年H一時間不知道該怎麼啟齒。

「哇！！！哇！！！」三名台灣獵鬼小組的成員同時發出驚叫，還激動的互相擁抱起來。「果然是真的！」

「真的欸！您真的燒掉整車的野獸凶靈？！您真的收服獄卒牛頭！？還跟日本棋靈下棋？」娜娜尖叫。「平常日本鬼就屌的跟什麼似的，這次您出手，證明中國道術遠遠凌駕他們！」

「可是……」少年H露出苦笑。

「您別說了！您真是我一輩子要追隨的對象啊。」眼鏡猴把手放在少年H的肩膀上，另一手平貼在自己的胸前，做出古代騎士對國王宣誓效忠的姿勢。

「可惡！你這臭小子！竟然先我一步！」胖子大叫。「明明是我先要效忠的！大師，請收我為一號崇拜者，不要管這隻臭猴子！」

「不……」少年H只覺得眼前這三人又可愛又胡鬧，實在真不知道該說什麼。

「其實，我還有一個很嚴重的問題，這問題悶在我心底很久了。」眼鏡猴扶了扶眼鏡，嘴巴靠近少年H的耳朵，小聲的說。

「請說。」看見眼鏡猴的表情如此嚴肅，少年H打起精神，眼鏡猴終於要問到嚴肅的話題，像是地獄遊戲的始末了嗎？

「因為您親眼見過，我一定要問您，」眼鏡猴用力深吸了一口氣，鼓起了全部的勇氣問：「雜誌說，貓女是近一千年來最性感的女星，您……您……覺得呢？」

「貓女？！」少年H表情一陣錯愕。「還……還不錯啦！」

「啊哈！」眼鏡猴發出歡呼，「我就知道，阿胖你輸了！貓女才是第一名的女星，天師說的，我要去收集貓女的海報了！才不是吸血鬼女～」

「咳咳……對不起各位……」

他們四人正討論的興高采烈之際。忽然少年H的右腳下，傳來一個咳嗽的聲音。

「咦？」娜娜看著那妖怪，雙手叉腰的說：「奇怪！我們聊的正高興，你這妖怪幹嘛咳嗽？怎麼樣，嫌天師的腳踩的不夠重是不是？」

「不，天師的右腳實在太厲害，我怕你們聊開了，我的胸口就要被天師給踩爛了。」妖怪苦笑。

「說的也是。」少年H微微一笑，伸手入懷，拿出一面古銅鏡。「來吧，先入我的八卦鏡。」

就在少年H舉起八卦鏡，要把這妖怪收入鏡中之際。

突然，眼鏡猴大喊一聲，「天師，萬萬不可！」

第八話《幻形怪》

「怎麼？」少年H微微一驚，手腕一抬，原本蓄勢待發的八卦鏡，在他手中急速旋轉起來，上頭的紅光閃動兩下，總算緊急煞車，沒有將這隻糊塗的「大師」給收入鏡中。

「呼呼，天師還好您住手了。」眼鏡猴喘了兩口氣，「現在萬萬不可收，因為還有更重要的一件事要辦！」

「什麼事這麼重要？」少年H聽的興趣盎然，難道台灣獵鬼小組對付妖怪，有比收入八卦鏡更好的辦法嗎？

「這件事可重要了。」眼鏡猴一邊說著，一邊伸手入懷，掏出一個手掌大小的長形物體。

這銀色物體，赫然是一台手機。

眼鏡猴把手機背後的圓孔對準那隻躺在地上的妖怪，高聲問道：「大家準備好了沒有～～？」

「好了～～」只見娜娜和阿胖兩人跑到妖怪的旁邊，一個人抓著妖怪的頭，一個人用腳踩著妖怪的胸口。兩人同時對眼鏡猴的手機，比出V的姿勢。

「咦？」少年H呆呆的看著他們的動作，「你們……這是在幹嘛？」

「照相啊！」娜娜甜甜的笑著，「天師您要不要也來照一張？」

「我知道你們在拿手機照相，好歹我也住過曼哈頓兩年。」少年H搔了搔頭頭上的棒球帽，露出迷惘的神情。「可是，嗯……就算我不問原因，一般的靈體，相機是照不出來的啊。」

「放心啦。」胖子比了比眼鏡猴，「眼鏡猴可是靈電子器材的高手，『靈體攝影』這種小技巧，難不倒他的啦。」

這時娜娜跑到少年H的身旁，挽著他的手拉入鏡頭中，然後她說：「天師，這妖怪的頭給您踩，小心別擋住了牠的臉，不然就沒有價值了。」

「呃……」少年H啞口無言。「我……」

少年H還來不說話，眼鏡猴伸出食指比出了一，對他們喊道：「來，笑一個～」

啪！閃光燈一閃而逝。

一張和諧的照片，三個人和一隻妖怪，出現在眼鏡猴的手機畫面上。

「你們……打敗妖怪都會跟牠合照？」少年H嘆了一口氣，「我不知道該說什麼了……」

少年H回想起他在曼哈頓獵鬼小組的日子，隊員都是世界聞名的狠角色，平時大家彼此尊敬，偶而開開小玩笑。一旦執行任務，馬上變成冷酷而嚴肅的除鬼高手。

而擔任組長的J，雖然力量未必最強，卻因為了解每個組員的特質，可以適宜的分配每個人的工作任務，讓他們五人有如一台功能強大的機器，分別獨立，又彼此協調，每個任務都有如藝術品般，快速又精確的完成。

所以，曼哈頓獵鬼小組，才能被喻為世界獵鬼小組的翹楚。

可是他眼前這群台灣獵鬼小組，剛才不但差點中了妖怪的計謀，現在竟然還跟妖怪合照？用這樣吊兒郎當的心態除靈，是很危險的。

想到這裡，少年H不由的嘆了一口氣。

「天師，我們打敗妖怪都會合照。」娜娜笑著說。「可不是單純的當作紀念喔。」

「喔？」少年H挑了挑眉毛，好奇的問。

這時候，眼鏡猴盯著他的手機螢幕，突然大聲念了起來。「『幻形怪』，黑榜編號C561236644，危險度C級，排行四百一十五名。出沒地點是英格蘭西部，曾出現在某本暢銷書籍中，專長是變成獵物心目中幻想的模樣，趁獵物心情放鬆的時候，再施以突襲。」

「你這些資料怎麼？啊？」少年H看著眼鏡猴的手機，突然明白了。「是手機傳訊！」

「沒錯，天師果然聰明。」眼鏡猴笑著說，「我們剛才把妖怪的圖像傳回獵鬼中心，比對地獄的資料庫之後，然後中心會將妖怪的資料回傳給我們。」

「原來你們照相是為了任務需要。」少年H露出抱歉的神情，「是我誤會你們了。」

「其實天師您不算誤會我們。」胖子笑著接口，「眼鏡猴你別賣關子了！你最重要的部份沒有念出來，這頭幻形怪既然進入黑榜前五百名中，賞金一定不少！快點報出來啦！」

「哈哈。」眼鏡猴扶了扶眼鏡，「我怕天師不能接受我們拿賞金的賺錢方式啊。好啦，這妖怪黑榜排行四百一十五名，懸賞四萬五千冥幣。」

「四萬五千冥幣！」胖子吹了一聲口哨，「真不少，明天可以大吃一頓了，哈哈！」

「哇！」娜娜燦爛的笑了起來，「那我香奈兒皮包終於到手了，真是太好了。」

「是啊，我的那台高功率雷射除靈機，終於可以買剩下的零件了！」眼鏡猴也跟著歡呼，然後三人又笑又跳，抱在一起。

「……」少年H看著他們，搖了搖頭。

忽然間，他心中有一種預感，這段台灣任職的時光，恐怕會過的很無奈吧。

第九話《地獄遊戲》

第二天早上，少年H和三名台灣獵鬼小組組員，一起來到了台北市的台灣地獄總部。

台灣地獄總部，設置在非常偏僻的小巷中，一棟外表看來十分破舊的公寓裡。

少年H四人坐上發出嘎滋嘎滋怪聲的超慢速電梯，緩緩的往總部的所在地──十三樓上升。

「運氣很好，我們兩年前才換總部。」胖子得意的對少年H說道：「全都拜這棟公寓十三樓鬧鬼之賜，我們才可以這麼便宜的租到這一層樓，不然你知道台北的物價太貴了，什麼都貴，連靈魂都快擠滿了！」

少年H微微一笑，沒有接話。因為這群人已經給了他太多驚奇了。

少年H印象中的總部，應該是像曼哈頓獵鬼小組那樣的地方，它雖然隱藏在市中心的一棟大廈中，可是它佔地將近三百坪，還有數百名地獄直接支援的工作人員，無論是軟體或是硬體設施，都是既先進又頂級。

因為總部就像是小組的後勤補給，越是優良齊全的後勤，前方的戰士，才能全心作戰，發揮十成的實力。

而此刻他眼前的台灣獵鬼小組總部，卻顯然不是這麼一回事，整個設備和後援，都破舊的一場糊塗。

打開電梯門，少年H銳利的眼睛馬上就發現異狀。

電梯旁蹲著一個面容憔悴的男人，他用手指著地上不斷畫圈圈，嘴裡唸唸有詞。

少年H眉頭微皺，暗想：「這個男人，是亡靈！？」

就在他猶豫著，是否要出手收靈之際，卻看到阿胖直直走過那個亡靈身旁，還順手拍了拍亡靈的肩膀。「怎麼啦，今天沒去舉牌子抗議？」

亡靈抬起頭，雙眼無神的看了胖子一眼，又低下頭。「今天沒有遊行，昨天藍黨遊行，前天綠黨示威，所以今天休息，不需要我去助威。」

「喔。」胖子嗯的一聲，「也好，反正遊行不過就是領領便當的健行活動而已，休息一天也好。」

這時，眼鏡猴附在少年H耳邊說道：「嘻嘻，我們能租到這一層樓。都是靠這個亡靈喔，如果他沒有惡作劇把原來的房客鬧走，我們不可能租到這麼棒的地方！不過，他遇到我們就沒轍了……因為，我們可是獵鬼小組啊！」

少年H露出奇怪的表情，看了亡靈一眼，又看了眼前的小組總部。

台灣獵鬼小組，到底是個什麼樣的機制呢？

怎麼跟他記憶中，嚴謹精密的獵鬼小組，組織架構完全不同？

竟然還有獵鬼小組以「受了惡靈幫忙」為榮?甚至沾沾自喜?諸多困惑，衝擊著少年H的腦袋，但是他畢竟是老成持重之人，雖然心裡疑惑卻未發作。

想著想著，眼前出現了一個老舊的木門。

木門上，還吊著一個被歲月侵蝕，發霉的大匾額，上頭寫著……「**草創台灣獵鬼小組總部·鄭成功題**」

少年H看著這個象徵總部精神的匾額，竟是如此灰舊，先是錯愕，然後不禁苦笑起來。

「見怪不怪。」少年H搖頭，「唉，已經見怪不怪了。」

四人走進了台灣地獄總部，說是總部，也不過是大概三十坪左右的小辦公室，七八張堆滿公文的辦公桌，牆上吊著一個大白板，白板上用潦草的字跡寫著最近的任務，還有一大塊區域寫著便當店的電話，和一疊水電催繳的帳單。

總部裡頭，坐著一個面容清臞，濃眉大眼的男子，一看到少年H，眼神先是閃過詫異。

隨即，男子伸出了他的雙手，非常熱情對少年H說道：「雖然外貌與我們記憶中不合，但是，您想必就是天師吧!您好!您好!」

「您是……?」少年H問道。

「我就是台灣獵鬼小組的組長的啦。」那名男子身著奇特的服裝，那是用手工織成的七彩服飾，織工極為精細，讓人不由的眼睛一亮。「我叫做魯道，叫我阿魯就好啦。」

「您好，我是少年H。」少年H伸出雙手，與他熱情相握。「對了，你的服飾好特別，我走過大江南北，沒見過這麼特殊的針織和布料。」

「你真是有眼光的啦！」阿魯緊緊握住少年H的雙手，濃厚而且獨特的口音，讓人印象深刻。「這是我們台灣的山地部落，泰雅族特製的服裝，下次送你一件！」

「謝謝！」少年H倒是挺喜歡這個組長，因為他有種親近的感覺，那是一種談話的氣度，還有熱情的態度所集合而成的吸引力。

「相信你已經認識他們三個了。我們還有一個五號……」阿魯轉頭嚷道：「小三！快出來和真人打聲招呼！」

「是……」這個房間的角落，原來躲著一個臉色陰沉的年輕人，歲數大約在十五到二十間，不過他頭髮散亂，面容蒼白，說起話來更是有氣無力。

不用想也知道，肯定又是個台灣獵鬼小組特產的特異人士。

「我……是……小……三……」小三慢慢，慢慢的伸出他的右手。「不……是……髒……話……的……三……小……」

「你好。」少年H右手迅速伸出，撈住了小三緩慢的右手。

少年H擔心小三的動作太慢，等他右手到定位，可能天都黑了。

「好啦。」阿魯笑道，「既然少年H特地來台灣，第一天我們就辦個『認識台灣之旅』！」阿魯說：「阿胖你們幾個，等一下載少年H四處逛逛，這樣好了，等一下你們就先帶少年H去吃個台灣小吃，讓他見識見識台灣小吃，世界第一名的實力！」

「嗯……等等。」少年H終於忍不住了，他舉手阻止阿魯。「我知道台灣人很熱情，但是，你們不覺得我們應該先開始工作了嗎？」

「工作？」阿魯吃驚的說。

「現在就要工作？」眼鏡猴更吃驚的說。

「第一天就要工作？」娜娜更加吃驚的說。

「連台灣小吃都沒吃過就要開始工作？」胖子更是張大了嘴巴，嚇壞了。

「連賣台灣小吃的檳榔西施小姐都沒看過就要開始工作？」然後，所有的人異口同聲說。

眾人張大了嘴，面面相覷，然後交頭接耳起來。「不愧是大都會曼哈頓來的欸，這個很認真喔！」

阿魯咳了兩聲，說道：「好吧，不愧是我們的天師，好！我們先來工作簡報。」

「嗯，麻煩你們了。」少年H吐了長長的一口氣。

「我找找。」阿魯從他那凌亂辦公桌上，推倒了像山一樣的資料，從底下抽起一袋幻燈片。「放投影片！阿胖，關燈！」

「遵命，老大！」阿胖用力做出一個敬禮的姿勢。

少年H看著台灣小組成員忙碌的奔走，把被文件和雜誌報紙深埋的投影機給『挖』出來。

阿魯則是忙著從他凌亂的抽屜中，找出那幾張「事件」相關的資料。

整整經過十分鐘，這一切才就定位，少年H並不是一個對工作苛刻的人，這時候也不禁哼了幾聲。

台灣獵鬼小組，這樣的工作態度，實在太散漫了。

可是，就在電燈被切掉，周圍陷入一片黑暗，只剩下閃爍的投影機光線時，少年H卻心念一動。

他感覺到，圍繞在他周圍的氣改變了。

他身旁這些奇形怪狀，不修邊幅的台灣獵鬼組員，集中力陡然提高，變成隨時接受命令，蓄勢待發的狀態，宛如四頭兇猛的野獸，等待破籠而出的瞬間。

連剛才老好人模樣的阿魯，也露出一代領導者的氣勢。

「好傢伙。」少年H忍不住吹了一聲口哨。「散漫歸散漫，畢竟還是獵鬼小組啊！」

地獄
遊戲

「天師。」這時，幽暗的房間傳來了阿魯沉穩的聲音，「事情的開始是這樣的，四個月前，我們台灣進了一款新的網路遊戲，它的名字叫做『Hell』，中文名稱是『地獄遊戲』。這遊戲在短短的四個月內，就橫掃了整個網路遊戲市場……成為有十萬玩家的熱門遊戲。」

「網路遊戲，那是什麼？」少年H疑惑的問。

「嗯，這就該讓我來回答了！」眼鏡猴說：「網路遊戲是一種虛擬實境的電腦遊戲，它與一般遊戲最大的不同，是它可以透過網路和其他電腦的玩家連線。目前台灣網路遊戲非常的盛行。」

「原來這種叫做網路遊戲，請繼續。」少年H點頭。

「這樣說，天師應該就懂了。」阿魯繼續說：「原本這種商業行為，與我們是毫無干係的，但是就在數個月前，卻連續發生了將近十件玩家無故猝死的案件，死者就這樣莫名其妙的死在電腦前面，卻一點徵兆都沒有……」

「猝死？！」少年H訝異的說，「你是說遊戲會殺人？」

「不，我並沒有這樣說。應該說我沒有證據，我們政府為了避免恐慌，還延請醫學人士對外宣佈，這些死者是因為長時間坐在電腦前面，缺乏運動，造成腦部淤積血拴中風而死，但是事實並非這麼單純。」

「嗯……」少年H沉吟的點頭。

「根據我們組員們不斷的追蹤調查，發現猝死的玩家，從北到南，從老人到小孩，身分和居住地各異，連曾經罹患的疾病都不同，唯一的相同處只有一個，那就是他們都在玩『地獄遊戲』！」

「嗯……」少年H點頭，「可是光憑幾樁猝死案件，實在很難將遊戲定罪，畢竟沒有證據，一切只是懷疑……」

「沒錯。所以我們繼續深入追蹤。」阿魯點了點頭，「眼鏡猴，把你的調查結果報告一下。」

眼鏡猴扶了扶眼鏡，走到前面，手中拿著一台奇特的機器，這機器約莫手掌大小，前方有個小小的天線，乍看之下，像是變形過的小型收音機。

「這是我的發明『靈力偵測儀』。它的作用就是偵測出人或物體是否含有靈力，它是我辦案的一大幫手，我常靠它找出犯人的蹤跡。」

「靈力偵測儀？」少年H微微詫異，「這東西很棒啊，這東西如果地獄政府採用，是技術上的一大突破啊！」

「別這樣說，被天師稱讚我會驕傲的。」眼鏡猴傻笑，「我利用『靈力偵測儀』偵測的結果，竟然發現每個猝死的人身上，都帶有非常細微的靈力反應。甚至，這整個遊戲，都散發著一種奇特的靈力波長，只是非常細微，而且斷斷續續……」

「靈力，所以說整個遊戲和靈界有關？」少年H驚道，如果這一切真的如眼鏡猴所言，那這個事件就遠比想像中來的嚴重了！

「恐怕是的。」阿魯這時候又開口道，「而且無獨有偶的，剛好在遊戲發行的四個月間，我們台灣發生了一件特別的事件，更讓我們心生疑竇。」

「什麼事件？」

「這件事乍看之下毫無關連，只是時間上太過湊巧，不免讓我們留意，這四個月以來，申請入境台灣的妖怪突然暴增！增為原來的五倍之多。甚至比台灣農曆七月觀光旺季，『鬼門開慶典』所吸引的鬼怪人潮還多。而且……」

阿魯的雙眼在幻燈片光線的照射下，充滿智慧的雙眸散發出濃濃的擔憂。「而且，這恐怕只是檯面上的數字而已。」

「檯面上？」少年H表情嚴肅。「你是說，真正進入台灣的鬼怪，恐怕不只這個數目？」

「是的。光是透過合法管道，進入的妖怪就已經激增五倍。而那些不能見光的妖怪，究竟有多少偷渡成功了？這數字恐怕已經超過我們所能掌握的了！」阿魯嘆了一口氣，繼續說：「尤其想到，恐怕不少『黑榜』上的妖怪已經踏上這塊和平之島……」

「不對啊。」少年H皺眉說：「這麼大規模的妖怪移動，應該是會驚動地獄總部才對，怎麼可能總部還沒有任何動作？」

「照理說應該是。」阿魯點了點頭，「可是，還有一件非常非常奇怪的事情，所以總部決定採取靜觀其變的態度。」

「什麼事？」少年H眉頭深鎖。「這些妖怪做了什麼事嗎？」

「不！恰恰相反，這些妖怪什麼事都沒做，可是就是因為這樣，才特別讓人生疑！」阿魯越說越激動。「照理說這麼大量的妖怪移入台灣，一定有某種目的才對，所以，他們一定會做出某些超乎尋常的舉動……可是，沒有！什麼都沒有！我們只收到消息，不斷有妖怪潛入台灣島，但是卻什麼都沒有發生！更讓我十分擔憂。」

「嗯……」少年H沉思起來，整件事看起來真的不單純。

「是啊，所以我們才冒昧寫一封信跟您求援，因我有種預感，這事絕對不簡單。」

「嗯，我知道了。」少年H深深吸了一口氣，沉思著。

兩個看起來毫不相關的兩件事，「網路遊戲連續猝死」和「妖怪大規模移動」，一定有某種關連才對！

可是，這兩件事，到底存在著什麼關連呢？

這時候，少年H突然感覺他的腰際一陣鳴動，手機響了。

少年H拿起手機一看，不由的訝異，來電者，竟然是「蒼蠅王」！

這位在地獄位高權重的大人物，有什麼急事？需要通知已經離開曼哈頓，遠在台灣島的少年H？

第十話《一個壞消息》

「少年H嗎？」電話那頭傳來一個爽朗粗獷的男聲。「我是黑無常啦！我借我老大的手機撥給你！」

「我是少年H。」少年H笑道：「黑無常，好久不見了。」

這句「黑無常」一出，原本正高談闊論的台灣獵鬼組員們，同時噤聲，注視著少年H，露出又驚又羨的表情。

因為黑無常在地獄的名氣，也是十分響亮的。

「嗯，台灣那裡好玩嗎？」黑無常笑道，「據說小吃很棒！有沒有吃過？」

「剛到不久，還在適應。」少年H露齒一笑，「怎麼？黑無常大人平常不是忙的要命，怎麼會有這份閒情，打電話問候小弟啊？」

「呵呵呵呵，忙？再忙也要跟你打通電話啊！」黑無常發出震耳欲聾的大笑。「不過，話說回來，我打這通電話的目的，的確不只跟你問候那麼簡單。」

「嗯。」少年H笑著說，「請說，我知道地獄越洋電話也很貴的。」

黑無常聲音突然放低，神祕的說，「這件事情仍是最高機密，現在仍被地獄當局封鎖，你可千萬要保密啊，要不是看在我們是老朋友的份上，我才不肯冒險通知你。」

「這麼神祕？」少年H皺了皺眉頭，「那黑無常你真夠朋友，不過你不擔心你的頂頭上司……」

「擔心，當然擔心啊。」黑無常低聲說道：「不過天垮了有人撐著啦。呵呵，你以為我用誰手機撥的電話？」

「究竟是什麼事？別賣關子了！」少年H有些訝異，有人撐著？黑無常指的是那個鐵面無私的蒼蠅王嗎？

這機密竟是蒼蠅王要黑無常洩漏給少年H的？

那肯定是一個極為重要的消息了。

「嗯，因為這件事跟台灣有密切的關連，所以我們決定，無論如何都要知會你。」黑無常的語氣變得沉穩，慢慢的說道。「少年H，你知道『黑榜』的十六頭目，領有四張老K的含意嗎？」

「當然知道！」少年H回答：「老K代表的是握有軍隊的超級強者。怎麼了？這件事……難道跟黑榜的十六頭目有關？！」

「有關！有關！而且關連還不小。」黑無常苦笑。「根據可靠的線報，有位K字輩的強者，此刻正出現在台灣島上……」

「什麼？！」少年H一驚，「K字輩強者！是誰？」

「領有鑽石老K的霸者，當年在日本被稱為『第六天魔王』……」黑無常嚥下一口唾液，慢慢的說：「織田信長！」

「第六天魔王，織田信長！」少年H倒吸了一口涼氣，「這個被地獄列為黑榜十六頭目之一，通緝五百年依然逍遙法外，血洗日本戰國時代，無人可以匹敵的魔王織田信長，現在在台灣？！」

也許是少年H的這聲驚呼太過響亮，引起台灣獵鬼小組一片嘩然。

「什麼！？」

「什麼！！天師您說什麼！？」

「什麼！！！魔王織田信長……在台灣？」

「不會吧！這人手下擁有數萬武士軍團，是超可怕的魔王欸。」

少年H面色凝重，暗示獵鬼小組稍安勿躁。同時他耳中繼續傳來黑無常的聲音。

「正是。」黑無常嘆道：「而且，恐怕不少黑榜上的成名人物，此刻都偷渡到台灣島了。」

「糟！」少年H握住手機的右手隱隱冒汗，「地獄總部那頭呢？他們怎麼反應？」

「這群老傢伙，哼。」黑無常哼了一聲，「他們現在還在開會，忙著確認消息的正確性，開會開會，等到會議結束，事情早就不可收拾了！『地獄列車事件』就是這樣！這群老糊塗！」

「那事情已經這麼嚴重了，我……只能孤軍奮戰？」少年H瞄了一眼他眼前這些台灣獵鬼組員，憂心更甚。

「嗯，放心，蒼蠅王老大現在正在幫你們協調，日本地獄分部他們追緝織田信長上百年了，可能會派獵鬼小組去幫你們。」

「只有一個日本獵鬼小組？不夠啊。」少年H的聲音有些急了。「而且還是『可能』而已！」

「我們會盡量想辦法的。」黑無常嘆了一口氣，「有什麼事情保持連絡。往好方面想，還好你現在在台灣，可以跟我報告事情的嚴重性。」

「……唉！」少年H嘆了一口氣。

他知道，這位魔王織田信長，論統帥能力恐怕是吸血伯爵德古拉的級數。如果再加上他手底下超過萬名的兇狠武士團。

如果他真要在台灣作亂，十個少年H也不夠抵擋啊。

「我先收線了。」黑無常低聲說道：「對了，蒼蠅王老大剛才還要我傳一句話給你……」

「蒼蠅王要傳話給我？」少年H精神一振，這位威名遠播的地獄賢者，蒼蠅王，要給他什麼關鍵的提示嗎？

「是的，老大要我跟你說，」黑無常點頭道：「『保重了，小子！』」

「什……什麼？就這句話而已？喂！喂喂……不會吧！你叫我一個人怎麼保重

啊？」少年H呆呆的看著手機螢幕，說道：「掛斷了。」

少年H一抬頭，五個台灣獵鬼小組的成員，正憂心的看著他。

然後少年H摸了摸自己的額頭。暗付：「慘了啊！真是慘了！」

第十一話《士林夜市》

「所以說，第六天魔王織田信長現在正在台灣島的某處？」阿魯問。

「正是。」少年H嘆了一口氣，「黑無常還說，根據線報，許多黑榜上有名的妖怪，都已經用盡各種方法，潛入台灣島了。」

「所以說，這座在地獄間以和平著稱的台灣島，現在就像是埋了無數炸彈的地雷區，隨時可能爆發顛覆全島的危機？」阿魯沉重的說。

「是……」少年H感到一陣無法言喻的無力感，因為他強烈的懷念起曾與他並肩作戰的「曼哈頓獵鬼小組」。

面對這樣重大的危機，如果有J的領導能力，幽靈騎士的圓桌劍術，吸血鬼女強大和無所不在滲透能力，狼人T俐落和狂暴的力量，加上少年H自己的道術和武學，或許還有放手一搏的希望。

但是，他眼前的夥伴們，是五個吊兒郎當的台灣獵鬼小組，撇開他們特別的能力不論。眼前看來，台灣獵鬼小組恐怕是史上最不堪一擊的隊伍之一。

「既然這樣，我們更不能坐以待斃。」阿魯沉吟道：「阿胖，不如你們四個先帶少年H去『那個地方』吧……」

「那個地方是？」少年H問道。

「嗯，既然我們要面對這麼艱鉅的任務。」阿胖臉色凝重的點點頭，「那絕對要先到『那個地方』！」

「那個地方……究竟是……」少年H心裡燃起一線希望，「台灣獵鬼小組的祕密基地嗎？還是……有什麼高手聚集的地方？」

「那地方比你所說的那些，都還要重要！」娜娜用手挽住少年H的手臂，露出迷人的笑容，「天師你來，肯定不會失望的！」

「真的！」少年H精神一振，「那究竟是什麼地方啊？」

「那是台北最重要的地方之一。」眼鏡猴扶了扶眼鏡，「傳說中，台北市所有小吃的集散中心，三大夜市之……『士林夜市』！」

「夜市？」少年H露出一種古怪的表情。「你們的意思是？」

「出重大艱鉅任務之前，當然要好好的大吃一頓啦。」阿胖握拳，堅定的說：「所謂的吃得飽飽，睡得飽飽，打架才有力氣啊！」

「啊……」少年H臉上瞬間爬過三條黑線。

「別擔心，台灣美食包你滿意啦！」眼鏡猴拍了拍少年H的肩膀。「我們的阿胖可是有名的美食達人，可惜台灣沒有電視冠軍，不然阿胖一定是小吃美食王。」

「天師。」娜娜牽著少年H的手，甜甜的笑著，「您別這樣嚴肅啦，跟著我們來吧，台灣獵鬼小組不會讓您失望的。」

走進人來人往的士林夜市，少年H才真正見識到了台灣人潮的可怕。

士林夜市中幾條狹窄的小巷，竟然擠滿了數百間的商家，還有萬頭攢動的人群，把士林夜市擠的是水瀉不通。

整整五分鐘，少年H他們僅僅前進了二十公尺。

比起少年H的故鄉，那片滾滾的黃土，一望無際的原野大江，同是中國血緣的台灣島，顯得太熱鬧，也太擁擠了些。

不過，真正令少年H吃驚的，並不是這樣熱鬧壅塞的士林夜市，而是他靈敏的靈覺告訴他，這些人群中，竟混雜了不少亡靈和妖怪。

這些非人類跟著人群緩緩漫步，手中拿著熱騰騰的食物，有些亡靈還攜家帶眷，一家子的死人，和樂融融的逛著夜市。

少年H眉頭皺了起來，台灣獵鬼小組究竟是怎麼回事呢？人潮這麼擁擠的地方，怎麼還讓如此多的亡靈和妖怪自由行動？如果他們突然發難怎麼辦？這可是無法阻止的大災禍啊！

他右手握拳，一股強大的靈力在拳心凝聚，準備發動攻勢，曼哈頓獵鬼小組是不會容許這樣危險的事情發生的。

「天師。」此刻，那個永遠打扮得新潮時髦的娜娜，彷佛感受到少年H的殺氣，她甜甜一笑，附耳在少年H耳中輕輕說道：「來，跟我來，陪我逛街，好不好？」

「什麼？」少年H錯愕。

「來嘛。」娜娜拉著少年H，哼著流行歌曲，輕鬆的逛起街來。

「娜娜，不是我天師老生常談，也不是我太過固執，我覺得你們台灣獵鬼小組，未免太……」

「噓……」娜娜對少年H微微一笑，將食指放在上唇，「你聽到了嗎？」

「聽到……什麼？」

「啊！有小朋友在哭。」娜娜牽著少年H的手，急急的尋找起來，果然，在路旁發現了一個滿臉鼻涕和淚水的小男孩。

「這小孩是亡靈……？」少年H一眼就識破了男孩的真實身分，正要開口。

卻看見娜娜蹲了下去，摸了摸小男孩的頭，像是個大姊姊般，溫柔的說道：「小朋友，為什麼哭啊？」

「媽媽給我的一千元不見了……我不敢回家。」小男孩抽抽咽咽的說道。

「嗯。一千元不見了？」娜娜露出甜甜的笑容，指著地上說道：「你是說那個嗎？

那裡有一張一千元呢。」

「啊。」小男孩撿起了地上的一千元，破涕為笑。「謝謝姊姊。」

看著小男孩停止哭泣，蹦蹦跳跳的離開。

遠方，另一個亡靈母親，對娜娜深深一鞠躬，然後牽著小男孩的手，轉身消失在黑暗之中。

娜娜緩緩的起身，回頭看見少年H正注視著她，露出深思的表情。

「抱歉，天師，你剛說到哪了？你說台灣獵鬼小組……」

「嗯。就當我沒說。」少年H沉吟了一會，「我原本是想問你們，怎麼會放任這麼多的亡靈和妖怪在島上自由活動？可是……」

「可是？」娜娜問。

「我想我還要觀察。」少年H微微一笑，因為他親眼看到地上的一千元冥幣，其實是娜娜趁小孩不注意，偷偷丟在地上的。

讓小男孩能回到焦急的母親身邊，這可是一項善行，縱使對方是亡靈啊。

「觀察什麼？」娜娜露出不解的表情。

「呵呵，這說來話長。」少年H笑的說：「你們讓我思考除靈者和亡靈間的關係。」

「呵呵，我知道了，天師一定是覺得台灣獵鬼小組很懶惰，這個夜市這麼多亡靈和妖怪，都不處理？」娜娜笑了起來。

「是的。」少年H正色道，隨即又忍不住好笑。

「我不知道被奉為世界前三大的曼哈頓獵鬼小組，是如何對待妖怪。」娜娜注視著剛才小男孩離去的方向，又看了看滿街自由快樂的鬼怪們。

只聽到她虔心的說：「我們只是將心比心，亡靈們如果在人間可以得到幸福，又何必要將他們強制送入地獄呢？」

「嗯。」少年H頷首。「我倒是從沒想過這問題。」

「嗨！天師。」這時，阿胖出現在他們的身後，遞給少年H一份。「嚐嚐看，台灣的第一味。」

「嗯，謝謝。」少年H微微一笑，順手接過。

這時候，眼鏡猴和小三，也慢慢的從不同方向漫步而來。

「嗨，天師，小吃怎麼樣？」

「還不賴。」少年H滿口的韭菜，含糊的說道。

「你那邊情況怎麼樣？」阿胖遞給眼鏡猴一份小吃後，沉聲問道。

「賣盜版光碟的老色鬼說，他至少看到十幾個黑榜上的人物在台灣出沒，但是沒有見到織田信長級數的人物。」眼鏡猴說。

「喔，情報收集啊？」少年H心中暗讚了一聲，原來台灣獵鬼小組來士林夜市，不單是為了吃飽好打架？原來他們在收集情報？

「我這邊也是。」娜娜說道，「我問過蟑螂鬼和蒼蠅鬼，他們都很害怕，台灣到處都是駭人的妖氣高手，可是還沒有聽說織田信長這魔頭到台灣。」

「嗯，我問過地下道的地縛靈們，他們前陣子剛剛被一個叫做薇薇的人吵醒，不太高興，但是他們也說沒看見符合的人物，像織田這樣的頭目級高手，肯定不會這麼輕易露臉，我們得再找找。」

「我……」這時候，向來沉默的小三開口了。「……有……消……息……」

「小三？你有什麼情報？」阿胖急問：「快說！」

「我……剛……去……問……過……廟……裡……的……收……驚……婆婆……」

小三用非常非常慢的速度，一字一句的說。

「請你長話短說，好嗎？」眼鏡猴抓了抓頭髮，「老實說我到現在還不習慣你的說話方式啊啊啊！」

「對……不……起……我……會……長……話……短……說……的……」小三害羞的低下頭。

「別鬧他了！眼鏡猴！」阿胖嘆氣，「說重點！小三。」

「是……的……」小三用力吸了一口氣，「有……手……下，織……田……」

「有手下，織田？」少年H叫道，「有織田信長的手下，在哪裡？」

「就……在……」小三越說越慢。

「就在哪裡？」眼鏡猴不耐煩的催促道：「你說快一點好不好啦！」

「就……在……」小三說：「後……面……」

只見小三手指一比，在眾人的身後不遠處，三個穿著黑色夾克，身材高壯的年輕人，正一邊談笑，一邊吃著剛買來的冰淇淋，悠閒的走在人群中。

「這三人不像日本人啊。」娜娜疑惑的說。

「別忘了，我也不是老頭子。」少年H低聲說道：「大家注意，別直盯著他們看。」可是，少年H這句「注意」還沒說完，對方一個染著金髮的年輕人，他細長的眼睛就瞄向了獵鬼小組。

這雙細長的眼睛，慢慢的掃過眾人，然後嘴角逸出一絲笑意。

然後男子收回眼神，轉頭和他兩名同伴低頭說了幾句話。然後，三人邁開腳步，不急不徐往夜市的出口走去。

「現在怎麼辦？」眼鏡猴剛被那金髮男子看得發毛，急問。「天師，他們要走了！」

「你還不懂嗎？」阿胖望著那三人的背影，「這三個混小子，正對我們下挑戰書。」

「那現在？」眼鏡猴問道，專精電子儀器卻不擅戰鬥的他，也可以明顯感覺到對方三人的厲害，尤其是對方有恃無恐的態度，竟敢在台灣挑戰獵鬼小組，足見他們的強橫和自信。

「追。」少年H冷冷的說道：「對方想打，又不想在夜市鬧開，正合我意。」

第十二話《醫院不速之客》

此情此景是曼哈頓醫院的深夜，原本熟睡的狼人T，突然雙眼睜開，有如銅鈴，直瞪著天花板。

「誰！？」狼人T發出威嚇。

偌大的醫院病房，空盪盪的只剩下牠自己的回音。

狼人T並沒有就此放心，牠慢慢的拿開棉被，動作雖然緩慢，但是充滿了一觸即發的緊張氣氛。

「是誰？」狼人T低吼，一翻起床，將身體重心放低，做出預備戰鬥的姿態。「我知道你來了！」

病房內，依然沒有任何回音，狼人T皺著眉頭，慢慢的靠近電源開關，啪一聲打開電燈。

電燈閃了兩下，病房登時明亮起來。

病房內，的的確確，只有狼人T一個雄壯的影子。

「……」狼人T雙眉緊緊皺起，他的鼻子告訴他，病房內的確存在著另一個生物的氣息。

「我不知道你是何方神聖?」狼人T環視房間，身上結實的肌肉，在衣服下若隱若現。「但是想瞞過我狼人T是絕對不可能的。」

醫院病房內依然一片寧靜，只有狼人T一人自言自語。

只是，潔白床下的陰影，突然蠕動了一下。

狼人T低喝一聲，拔起少年H所贈水果上的刀子，激射而出，銀光劃過，正中那個黑影。

一道濃濃的血腥味，隨之溢開，充滿整個房間。

狼人T將右手放在眼前一看，這個闖入者，赫然是一條黑白相間的雨傘節。

「蛇?」狼人T眉頭漸鬆，緊張的情緒隨之舒緩。「只是一條小毒蛇?」

「唉，地獄列車事件之後，老是疑神疑鬼……」狼人T微微苦笑，「真不像我。」

「好啦好啦，睡覺了。」狼人T走到電燈開關旁，正準備關上電燈。

突然，牠的耳朵動了動。

咦?有聲音……?

稀稀索索……稀稀索索……稀稀索索……

這是什麼聲音?狼人T猛然轉身，眼前的畫面，讓牠倒抽了一口涼氣。

蛇!是蛇!

不是一條蛇，不是兩條蛇，更不是十幾條蛇。

在狼人T眼前的，是一片滔滔不絕的「蛇海」。

數十萬條兇猛的毒蛇，從門縫，從窗台，從天花板，從任何一個可以潛入的陰影角落，不斷的滲進來。

各種顏色，長短不同，詭異萬千的蛇陣，發出稀稀索索的聲音，眼看就要填滿了整個病房。

狼人T退到窗戶前，大喝一聲，右手青筋暴漲，掄起拳頭，對準窗戶就要擊下。

「先走再說！」

可是，狼人T斗大的拳頭並沒有落下，陡然停在半空中。

因為，另一幕讓牠驚悚的畫面，出現在窗外。

一個披頭散髮的白衣女子，正站在醫院外頭的草地上，長髮遮住臉龐，雙手十指僵硬如鷹鷲鉤爪，不發一語……

在這個幽暗無光的深夜，這樣的一個女人，讓牠心裡發毛。

「裝神弄鬼嗎？」狼人T怒吼。「你跟獵鬼小組搞鬼？不會太好笑了嗎？」

女人沒有說話，而遮住她臉龐的頭髮，竟然自動分開……

她有一雙紅色的眼睛。

她有一雙，紅的滲血，有如深紅琥珀的眼睛。

這雙眼睛？狼人T腦海突然閃過一個名字，幾乎是同時，狼人身體有如彈簧，整個人趴在窗台之下。

那一瞬間，狼人T只覺得全身繃緊，冷汗浸透了背脊。

「這血紅的雙眼睛……還有這麼多的蛇……」狼人T感到全身發冷，因為他幾乎可以猜出，這個深夜不速之客是誰了，古往今來，只有一個神話裡面的女生，符合上述這兩種特性。

「該死，今晚剛好雲太厚遮住了月光，不是對手，要逃！」狼人T正絞盡腦汁，想要如何逃走時，突然牠發現，右手竟然失去了知覺，任憑牠怎麼用力，右手都沒有任何反應。

「糟糕。」狼人T背脊靠在牆壁上，汗水不斷沿著臉頰滑落。他左手則緊緊抓著沒有知覺的的右手。「躲的太慢，右手被石化了，果然是她……擁有石化的能力！果然是梅杜莎！」

而且，狼人T的危機不只如此，牠眼前的病房，無數的毒蛇竄動，宛如一片七彩繽紛的劇毒汪洋，朝他猛撲而來。

此時此刻，狼人T只剩下兩種選擇，一是留在病房被萬蛇咬死，二是勇敢跳出去，被那個長髮女妖石化，左右都是死，那該怎麼辦呢？

「衝出去！」狼人T當機立斷。

「吼！」窗戶玻璃整個碎裂，一個巨大的黑影撞出了病房，閃亮的玻璃碎片四散飛舞，氣勢萬千的往女妖方向直撞了過去。

梅杜莎血紅的眼睛閃過紅光，眼前這個巨大的物體，瞬間變成死灰色，沒有任何掙扎，整個被石化。

可是，當被石化的物體落下，撞出一地碎片，梅杜莎不喜反驚。因為地上躺的，並不是身手矯健的狼人T，而是醫院那張巨大的病床。

「好個狼人T。」梅杜莎首次開口，聲音冰冷。「竟然拿床當盾牌。」

就在這一刻，狼人T忽然從床下竄出，身手矯捷，越過梅杜莎的頭頂，大笑：「謝謝黑榜梅花皇后的稱讚，小弟我先走囉！」

「想逃？哼！這麼容易？」梅杜莎露出一絲陰笑，從背後抓出一個物體，在狼人T的面前用力甩了兩下。

那個物體被驚醒，大哭起來：「啊啊！！狼人叔叔！哇哇！救命！」

女妖手中這個不知名的物體，竟然是那天要狼人T說故事的狼小孩之一。

這哭聲讓狼人T背影猛然一頓，轉過頭來，露出滿嘴獠牙，「梅杜莎，妳給我放開他。」

「哈哈，你有能耐，就來救他啊！」梅杜莎陰惻惻笑了起來。

狼人T雙腳一蹬，高高躍起，惡狠狠的撲向梅杜莎。

梅杜莎嘴角溢出冷笑，眼睛大睜，紅光閃爍，狼人T還在空中，就被一道紅光掃中，牠只覺得全身無力，靈魂彷彿就要被抽離，身體關節發出咯咯的怪聲。

然後，一切都靜止了。

月光下，兇猛的狼人T不再，只剩下一尊凝固的狼人石像。

梅杜莎慢慢的飄到狼人T石像面前，慘白的臉龐發出陰冷的笑容。「不愧是曼哈頓獵鬼小組，還要用狼小孩才能抓到你，可惜你對上的是我，十六頭目中的梅花皇后，梅杜沙啊。」

梅杜莎笑了兩聲，轉身離去，同時，毒蛇不斷從草地中湧出，湧向變成石像的狼人T。

無數的毒蛇蜂擁而至，不用幾分鐘，狼人T的石像就會被毒蛇給破壞殆盡，再也無法復原了。

可是，梅杜莎才走了幾步，就嘎然停步。

因為她發現，地上出現了一道影子。

有了影子？表示有光！絲絲月光終於穿過厚重的烏雲，降落在這片大地上。

梅杜莎彷彿想到了什麼，一個關於狼人和月光之間的傳說。

就在她沉思之際，一個低沉沙啞的男聲，從她身後響起。

「親愛的蛇髮女妖，妳也太小氣了，這些小蛇我吃不飽的。」

蛇髮女妖梅杜莎緩緩轉身，一個巨大的身影就矗立在她眼前。

這巨影有著銳利的獠牙，還有糾結脹大的肌肉，彷彿一尊完美的銅像，一尊象徵著血腥與暴力的戰士銅像。

「原來你變身可以解除石化？」梅杜莎沒有絲毫懼意，滿頭的長髮在月光下緩緩飄起，長髮張牙吐信，竟然變成了可怖的毒蛇。

「那我倒想知道，你的變身可以解除石化幾次？」

「一次。」狼人T噴出濃重的鼻息，那是牠進入殺戮狀態之前的訊號。「不過在那之前，妳會先明白，脖子這種器官，可以被我咬斷幾次了！」

第十三話《娜娜的靈絲》

台北・士林夜市。

前方三名織田信長的手下，魁梧的身軀，手裡拿著冰淇淋，從容不迫的穿梭在重重的人群中。

少年H等五人，有如潛行追蹤的野獸，不急不徐，緊緊的咬著前方的三人。

「眼鏡猴，他們是什麼身分，查出來了嗎？」隨著步伐的前進，阿胖問道。

「等等……」眼鏡猴手中握著銀色手機，突然手機發出嗶嗶兩聲，有簡訊進來了。

「消息來了！」

看到簡訊，眼鏡猴先是一呆，露出不可思議的表情，然後吞了一口口水，朗聲唸道：「根據地獄黑榜的情報，這三個人……都是赫赫有名的壞蛋啊！那個金髮細眼的男子，人稱妖將軍，黑榜排行第一百二十四名。賞金高達五百一十萬。」

「第二個是僧將軍，就是將頭髮理成平頭，穿著薄外套的那個男人。這人在黑榜上比妖將軍更高，排行第九十八名，賞金是七百九十九萬。」

「哇！第三個……更不得了！頭髮梳的整整齊齊，穿著西裝外套的男子，他的名字叫做鬼將軍。他是織田手下排行第一的智將，黑榜排行八十一名，賞金一千三百萬。」

胖子聽完，不由的舔了舔發乾的嘴唇，「看樣子，我們碰到織田信長的頭號部隊了？」

眼鏡猴臉色嚴肅點頭，繼續說道：「織田信長手下四天王，分別是鬼將軍、龍將軍、僧將軍、妖將軍，今天，光是四天王就來其中三個！？」

「沒想到織田信長這麼看得起我們？」胖子沉吟，「除非織田信長認為有足以威脅他的高手，已經來了台灣……？」

聽到「足以威脅他的高手」這句話，眾人的眼神一起看向走在最前頭的少年H。

「不愧是天師啊。」眾人開始竊竊私語。「連敵人都尊敬的狠角色，非天師莫屬！」

就在這時候，娜娜發出吃驚的低呼，手指前方。「情況有變？」

只見前方的織田信長一行三人穿過十字路口，僧將軍突然脫隊，一人往右側去。

「怎麼辦？」眼鏡猴一呆，問道：「他們分開了……」

少年H臨危不亂，只是看向娜娜說：「娜娜，妳的靈絲有辦法同時追蹤幾個人？」

「對吼！」娜娜一笑，「差點忘記我還有靈絲這招。」

只見娜娜右手往後臀一摸，一條細小到肉眼不能分辨的白絲，從她的後腰處，被抽了出來。

然後，娜娜用拇指和食指，輕輕的夾著這條白絲，短短的數秒鐘，這白絲竟然從原本渾濁的濃白色，逐漸透明，最後完全消失在空氣中。

「好了。」娜娜笑了，把手指放在唇邊，輕輕吹去。「去吧，我的白絲，去追蹤對方吧。」

連少年H都不由的讚嘆，因為這白絲不只是透明無色，就連他都嗅不出一絲靈力。「妳這靈絲，真是厲害。」

阿胖順口答道：「娜娜的五色靈絲，可是我們這行赫赫有名的，紅絲捆綁，白絲追蹤，黑絲突襲，綠絲張網，還有紫絲……啊！」

「紫絲是？」少年H看見阿胖突然打住，好奇的問道。

「阿胖，你不說話沒人當你是啞巴。」一直笑容可掬的娜娜，聽到阿胖提到紫絲，竟然臉色一沉，狠狠地瞪了阿胖一眼。

「抱歉，抱歉。」阿胖笑了笑。「紫絲是不能輕易使用的。天師您這樣想就好了。」

「嗯……」少年H知道每個靈力者，都有自己的絕招和祕密，一場靈力戰鬥的勝負，往往取決於一個出其不意的絕招，所以他沒有再追問下去。

「只是，他們為什麼要分開？」眼鏡猴焦急的問：「天師，我們該怎麼辦呢？」

「別理他，我們繼續追鬼將軍和妖將軍。」少年H當機立斷的說道：「這應該是鬼將軍想出來的計策，要分化我們的實力，如果我們分頭去追，不但削減了我們的力量，還可能讓我們派出的追蹤者陷入危險。」

「啊！」阿胖等人同時點頭，「的確是。」

「因為對方有一對一打敗我們的自信，才敢用這樣的策略，如果我沒猜錯，這招的效果不只是如此，僧將軍根本不會走遠，他會繞到我們身後。」少年H疾行中，臉色嚴肅的說道。

「這招叫做反追蹤，我們追蹤妖將軍的同時，也被僧將軍追蹤了。」

「這樣……我們不是被包圍了？！」眼鏡猴急道：「腹背受敵！？」

「天師說得一點都沒錯。」娜娜苦笑，「僧將軍的靈絲反應，確實顯示他並沒有走遠，就在我們後面三百公尺處。」

「別緊張。」少年H昂頭前進，「對方勝在三人功力皆同樣高強，可以單打獨鬥，而我們的優勢則在於團體作戰，如果我們能夠維持隊形不走散，鹿死誰手還未定數。」

「嗯。」阿胖揉了揉滿是冷汗的手心，打從他加入台灣獵鬼小組以來，從來沒有應付過黑榜上前三百名的角色。

如今，竟然一口氣蹦出三個黑榜百名的高手。

而且還都是賞金破五百萬的大角色。

這票，如果能全身而退，十年都吃不完了。

「這是我們接觸到織田信長的好機會，而且可能是解開地獄遊戲謎團的關鍵，我們絕對要活著回去。」阿胖用力的說。「一定要全身而退！」

只是，其他人卻同時想到……「如果，真的能全身而退的話。」

第十四話《巷子》

少年H一行人緊緊躡著眼前的兩人，後面的僧將軍則穩穩的保持三百公尺距離。

八個人，分作三團，在人潮擁擠的夜市互相跟蹤著。

少年H越來越心驚，不只是對方派出僧將軍，進行反追蹤的厲害手段。

更不可思議的，是此刻的速度。

前方兩人走路的步伐看似輕鬆，卻始終跟少年H等人保持在一百公尺左右。

而且厲害的是，他們腳步不慢不快，不讓少年H落後，也不讓少年H追上，這樣的速度，就算少年H要發動加速突襲，他們也有足夠的時間反應。

光看幾個小動作，少年H就明白，第六天魔王織田為什麼能穩坐十六頭目中的鑽石K了。

光看他手下的四天王如何高明，就知道能駕馭他們的第六天魔王是如何厲害。

「天師，夜市出口到了……」阿胖低聲說。

前面兩個人踏著快捷的步伐，走出了熙攘的夜市，一個轉身，鑽進入了旁邊的小巷。

「糟糕。」少年H微微遲疑，「這樣的小巷最容易有埋伏……」

正在少年H遲疑之際，阿胖等人見到鬼將軍和妖將軍突然晃入小巷，連忙邁步追去。

「你們等……」少年H這句還沒喊完，阿胖等人已經奔入了小巷中。

「糟糕，太急了。」少年H嘆了一口氣，跟著閃身進入小巷中。

一踏入這條小巷，裡頭陰暗潮溼，人煙稀少，與剛才熱鬧明亮的夜市，形成強烈的對比。

而且映入眼簾的，是一片空蕩蕩的長巷，哪有妖將軍和鬼將軍的影子？

少年H心頭浮起一陣不安。

不對，不對。少年H走在陰暗的小巷中，寒風呼呼的吹著，除了幾聲野狗的呼嘯，竟然沒看到半個人影？在熱鬧繁華士林夜市旁的巷子，怎麼可能荒涼至此？！

少年H一轉頭，看到阿胖等人也同樣露出不安的表情。

「難道，這條巷子……」少年H皺起眉頭。

「是……」娜娜聲音有些發抖，下意識抓住少年H的手，「這是『結界』？」

啪啪啪啪啪啪……娜娜這句『結界』一出口，小巷角落傳來一陣掌聲。

「呵呵，答對了。」

剛才染著金髮的妖將軍，穿著黑色夾克，將近一百九十公分的修長身材，慢慢從巷子另一頭晃出來。

「妖將軍，」少年H表情依然鎮定，昂然踏前一步。「就憑這樣的結界？想困住我們獵鬼小組？」

「這樣的結界？」妖將軍細長的眼睛，閃過一絲邪光，「看來你根本沒搞清楚，你踏入了什麼地方啊！」

「是嗎？」少年H氣勢依然不減，他深知敵我兩方對戰的道理，氣勢如果先弱於對方，就等於輸了一半。

「原來妖將軍有張『結界』的能力？這樣的能力在靈界可不多見啊。」

「錯了錯了，錯的離譜。」妖將軍笑道，「這結界並不是我張的。」

「？」少年H眉頭微皺。

「所以我說，你根本沒搞懂踏入了什麼地方。哈哈。」妖將軍大笑起來。「基於網路遊戲的規定，我在這裡正式宣佈，歡迎光臨『地獄遊戲』，親愛的五位玩家。」

台北市，一棟年久失修的公寓。

公寓的電梯正緩緩上升，數字的光點從10，11，12，到了『13』，停住！

咚一聲，電梯停在十三樓，這裡正是台灣地獄總部。

十三樓的電梯門旁，一個身材矮小，衣衫破爛的中年男子，正蹲在地上畫圈圈，嘴裡唸唸有詞。

鏘鏘……電梯門慢慢的打開。

中年男子沒有抬頭，依舊蹲在地上，嘮嘮叨叨的念著，「我又沒有說要讓你們住……你們這群王八蛋獵鬼小組霸佔我的家……討厭討厭……真討厭……」

鏘！電梯門終於完全打開。

地上，一個長長的影子，從電梯裡頭延伸了出來，影子的腰間，竟然繫著一把長劍。

影子主人的鞋子是豪華的皮靴，他走出了電梯。

「你們要賠償我啦，最近都沒有遊行，我失業了！我要你們賠償，不然我就要把你們趕走……咦？」落魄的中年男子突然住口，抬起頭。

在中年男子醉眼朦朧的雙眼中，映出了一個男人，一個陌生人。

這個男人，很高。

這個男人，只有一隻眼睛，另外的眼睛綁著眼罩。

這個男人露齒一笑，握住了腰間的長刀。

然後，一道銀色的兇光閃過。

然後，中年男子突然感覺到，整個世界竟然急速旋轉起來。

原本在眼前的電梯門消失了，接著，他竟然看到了自己的背部。

世界依然在旋轉，所以他又看到了電梯，又看到自己的背後，就這樣不斷的轉著，轉著。短短的一秒鐘，他就看到電梯三次，自己的背部四次。

這是怎麼回事？

而且他覺得自己越來越高，越飛越高，高到可以俯視自己的身體，正蹲在地上。

不過那個身體有些不太對勁。

少了什麼啊？

少了頭，對！自己的脖子上頭竟然沒有了頭，頭在哪裡呢？

碰！

他的額頭撞上地板，這瞬間，他突然明白，頭到哪裡去了……

原來他的頭飛起來了，難怪電梯會旋轉！原來是他的頭在轉！

可是，中年男子沒有辦法再思考下去，因為一切都凝結了，隨著他瞳孔逐漸擴散，死亡就凝聚在他僵硬恐懼的雙眼之間。

第十五話《危機》

台灣．獵鬼小組總部。

身為台灣獵鬼小組的組長，阿魯正凝視著電腦螢幕，向來莊嚴優雅的他，此刻卻露出罕見的焦躁神情，嘴裡喃喃的念著。

「快點！快點！眼鏡猴好不容易才掌握了台灣被黑榜高手滲入的證據。我得趕快連絡上亞洲總部，將照片傳過去才行！」

「怎麼搞的？」阿魯用力拍了一下鍵盤，「對亞洲獵鬼總部的電話中斷！傳真也失敗！現在只剩下網路，卻又比烏龜還慢？早知道就不要牽中華電信！」

阿魯右手又連按了好幾下滑鼠，好不容易，電腦螢幕上才緩慢出現一行字。

『亞洲獵鬼小組，歡迎光臨！！本網頁正舉行最愛神魔大投票……有鑽石A撒旦、埃及女神伊西絲、貓女、吸血鬼女……』

這一行短短的跑馬燈，停停走走的出現，延遲十分嚴重。

「啊！早知道當初不要貪小便宜，中華電信網路真是太爛了！」

阿魯執起電腦的轉接線，把眼鏡猴剛從夜市中傳來的「妖將軍」、「鬼將軍」、「僧將軍」照片，一一傳入電腦中，然後再透過無遠弗屆的網路，傳向遙遠的亞洲獵鬼總部。

只見電腦畫面的下方，跳出一條藍色橫槓，從0%開始，資料以極緩慢的速度，傳了出去。

阿魯擦了擦額頭的汗水，「總算開始上傳了。雖然慢了一點，只要傳過去，亞洲總部就會派人過來了。」

正當阿魯喘了口氣，準備起身替自己倒一杯熱茶時。

他看著眼前的景色，突然心臟猛然跳了一下，呆住了……

鐵門，是什麼時候被打開的？

士林夜市外頭的小巷。

「地獄遊戲？！」少年H等人齊聲驚呼，「這裡是地獄遊戲？！」

「正是。」妖將軍露出詭異的微笑，「你們就好好享受這個遊戲吧。」

妖將軍一說完，他身後咻的一聲，憑空浮起一道黑色的漩渦。

他微微冷笑，將右腳踩進了漩渦裡頭。

「再見了，各位玩家，如果你們還能活著的話……」

「他要逃走！」娜娜見狀發出驚呼。「糟！來不及了！」

可是，就在娜娜驚呼之際，有個人的動作，卻比她的聲音更快，有如一道閃電，竄了出去。

原本被娜娜緊緊牽著的那隻手臂，瞬間抽起，追向了前方，不是別人，正是少年H。

「好欸！」看到少年H優雅而快速的身影，阿胖等人同聲歡呼。「天師！加油！」

少年H面帶微笑，彷彿在秋天散步般悠閒，同時單腳抬高，往地上一蹬，整個人竟有如淩空飛行般，瞬間越過長長的小巷，落在妖將軍面前。

「梯雲縱……」阿胖目視著前方，雙眼呆滯，口中喃喃念著。「原來不是小說，是真有這麼一招啊……」

妖將軍看見少年H似緩實快，竟然神乎其技的追到了他面前，這驚吃的不小，原本半個身體已經進入黑色漩渦就要脫逃的他，突然覺得右肩一沉，整個人彷彿被定住般不能動彈。

因為，少年H的手搭在妖將軍的右肩上。

「好朋友，留下吧。」少年H微微一笑。「我有些事情要請教你呢。」

「找死！」妖將軍高聲怒吼，肩膀一甩，想卸去少年H的手。

同時，妖將軍原本在漩渦中的左手，猛然從漩渦中抽起，還握著一把銳利的鬼頭刀，對著少年H狠狠刺去。

刀鋒發出淒厲的藍色光芒，直戳向少年H，只要少年一側身閃刀，妖將軍就能趁機擺脫肩膀上這隻手臂了。

「耍狠？你還差多了。」少年H冷笑。

少年H那隻壓在妖將軍肩膀的左手，輕輕一拖，一拖一拉之間，竟然藉著妖將軍手上出刀的力量，把妖將軍硬是拉出了漩渦。

「想耍狠？多跟貓女學學吧。」少年H一笑。

妖將軍驚駭莫名，他只覺得身體好像被一個巨大的齒輪攪住，完全失去了平衡，身不由己的被往前拖去。

跟著少年H的手腕一轉，妖將軍的身體更是跟著轉了一圈，等到他好不容易才從旋轉中清醒過來，已經完完全全被拉出了漩渦之外。

「你……到底是……」妖將軍被少年H給拉了出來，而且半身痠麻，被少年H手抓著肩膀，跌跌撞撞的往後拖去。

「你就當我們的人質，帶我們……」少年H話說到一半，眉頭一皺，回頭直視那個黑色漩渦。

因為，少年H看到了一隻拳頭，從漩渦中追了出來。

如果只是一個普通人的拳頭，就算上頭握著足以殺人的利刃，少年H仍有自信，可以輕易閃過。

只是，這個拳頭不同。

完全不同。

這是一個殺人的拳頭。

少年H感覺到背脊都涼了起來，因為這一個拳頭，竟然發出如此駭人的氣勢，彷彿整條小巷都被這個拳頭的氣勢塞滿，明明就是饅頭大小的拳頭，此刻看來，卻如同一台時速兩百的巨型坦克。

光看這樣簡單的一拳，就知道織田手下的真正強者終於出來了。

少年H不敢托大，左手放開了妖將軍，雙手柔轉，在胸口畫出一個太極的圖形。

轟！

拳頭有如砲彈，轟然一聲，撞上了少年H懷中的太極圖形。

「啊……」

阿胖等人同時一呆，在拳頭和少年H相撞的剎那，他們甚至感覺到在少年H和拳頭主人間，爆出一股令人窒息的勁風，將少年H的頭髮整個吹了起來。

少年H眉頭一皺，雙手交替畫圓，一層一層卸去拳勁。

這拳勁雖然驚人，但是在少年的雙手中，拳力卻不斷被卸去，終於逐漸減弱下來。

緊接著，拳頭的主人從黑色的漩渦裡面整個現身，他理著簡單的平頭，嚴肅而沉默，霸氣十足，他就是僧將軍。

僧將軍看著自己右手的拳勢，不但沒有像往常那樣，將敵人瞬間擊碎，還被少年H雙手環住，而且拳頭上好像被加了千縷萬縷的柔線，越發沉重起來。

僧將軍臉上閃過一絲驚異，一字脫口而出。

「好！」

只是一個字，就道盡他對少年H武術的激賞。

同時間，少年H背後周圍幾道紅絲如子彈般射來，直迫向躺在一旁的妖將軍。

「娜娜，幹的好！快把妖將軍抓住！」少年H讚道。

「遵命，天師老大。」娜娜甜甜嬌笑，她雙手的十根指頭，此刻都纏著一條紅絲，十指輕顫，彷彿一個俐落的傀儡師。

只見她纖細的手指輕輕抖動，十根紅絲發出耀眼的紅光，往妖將軍身上捆去。

妖將軍冷哼一聲，想要避開，才發現自己剛剛被少年H的一抓，竟然讓他全身痠軟，動彈不得，所以沒能避開娜娜的十指紅絲。刷刷幾聲，妖將軍被紅絲捆個正著。

「娜娜捕捉到了獵物。」阿胖大笑。「哈哈，該我的靈錘了。」

只見阿胖雙手握錘，高高跳起，古銅的靈鎚映著月光，散發出一股森然的氣勢，要一錘把妖將軍打回原形。

「第一筆千萬入袋啦。」眼鏡猴拿出手機，歡呼道。

突然間，一個乾啞的聲音從漩渦中傳出。「現在高興？會不會太早了？」

緊接著，奇怪的事情發生了，阿胖的靈錘重重落下，煙霧瀰漫之中，卻沒有對妖將軍造成任何傷害。

阿胖一呆，拿起手上的靈錘一看，這個號稱台灣第一堅固的古老銅鎚，竟然被某種利器，連錘帶柄，齊腰削斷，只剩下阿胖手中的半截。

阿胖正詫異時，突然耳中傳來娜娜的尖叫，「快退！阿胖！」

阿胖聞言，身形急蹲，他只覺得頭上一陣銳利的陰風飄過，伴隨滿天飛舞的紅絲。

連娜娜的紅絲都被割斷了？

陰風過去，阿胖急忙抬起頭，只見一個身著西裝外套，頭髮梳的整齊的男人，手中握著一把通體發黑的武士刀，威風凜凜的擋在妖將軍前面。

「鬼將軍？」阿胖一驚，一屁股跌在地上。

隨即阿胖感到脖子一陣冰涼刺痛，那把武士刀已經架到了他的頸上。

「僧和奇異的少年，請你們兩個住手吧。」鬼將軍面無表情的看著僧將軍和少年H。

少年H看了看跌倒在地的阿胖，及紅絲被斬斷的娜娜，知道再鬥下去，台灣獵鬼小組恐怕要全軍覆沒，他輕鬆一笑，雙臂張開，放開了僧將軍的拳頭。

「妖，我們走吧。」鬼將軍一舉逆轉了局勢，說道：「僧，煩請你殿後。」

「鬼老大，我……我的身體動彈不得……」妖將軍依然癱軟在地上，咬牙切齒的看著少年H，「這小子不知道用了什麼魔法。」

「這不是魔法。」鬼將軍雙目陰森，看了少年H一眼。「這是古老的中國武術，點穴。」

「識貨！」少年H一笑，鼓掌說：「鬼將軍果然是識貨之人。」

「天師過獎了，看到你這手出神入化的太極拳法，若還認不出你，就是本將軍有眼不識泰山了。」鬼將軍依舊面無表情，只是拉起妖將軍，一同躍入了那個黑色漩渦中。

「不愧是織田信長的頭號智將，鬼將軍。」少年H苦笑，「出手的時機恰到好處，只是一招，就將整個戰局扭轉，還讓我們沒有任何反擊的機會。」

僧將軍並沒有馬上離去，他徐徐轉過身來，雙手合十，身體微弓，對少年H做出一個武者敬禮的姿勢。

「今日能與高人一見，三生有幸。」

「彼此彼此。」少年H微笑回禮。「你的拳頭，恐怕已經接近日本跆拳道中的最高境界『一擊必殺』了。」

「這是小弟追求的目標。」僧將軍說話簡潔。「請閣下務必闖過『遊戲』，敝人在『地獄台南府』恭候大駕。」

「『地獄台南府』嗎？」少年H點頭，笑著說：「放心，我也希望和你能分出勝負啊。」

最後，僧將軍對少年H微微頷首，魁梧的身形隱沒在黑色漩渦之中。

一陣寒風吹過，漩渦已然消失。

長長的巷子裡，冷月孤星，只剩下少年H等五人，相互苦笑。

第十六話《誤入遊戲》

士林夜市的小巷子。

少年H等人圍成一圈，討論接下來的計畫。

「天師怎麼辦，我們真被人家給困在『遊戲』裡頭了……」娜娜秀眉微蹙，苦著臉說。

「嗯，按照妖將軍和僧將軍的說法，我們必須先在這個遊戲中生存下去……」阿胖沉吟道。

「網路『遊戲』？真是糟糕。」少年H抓了抓頭髮，向來胸有成竹的他，此刻卻露出了迷惑。「這年輕的玩意，我可真的是外行了。」

「沒關係，我們這裡有個遊戲專家。」阿胖一邊說，一邊伸手推了推眼鏡猴。「眼鏡猴可是瘋狂的網路遊戲一族。」

可是當眾人轉頭看眼鏡猴時，他本人卻完全沒有注意到眾人的討論。

眼鏡猴四處走來走去，一會蹲在地上敲了敲地上的磚頭，一會摸了摸巷子的牆壁，還不時發出嘖嘖的讚嘆聲。

「喂，眼鏡猴！」娜娜雙手叉腰，叫道：「我們在說你，你有沒有在聽啦？」

「啊？」眼鏡猴猛然回頭。「什麼？」

「一點都不專心！哼！」娜娜說：「我們在問你懂不懂『地獄遊戲』啦！」

「『地獄遊戲』，你說這個遊戲嗎？懂？……應該說不懂……不，是有點懂，但是還不夠懂……」眼鏡猴話用興奮的語調，顛三倒四的說著。「這『地獄遊戲』的設計者，實在太太太太厲害了。他將這個遊戲建構在『靈子結界』中，然後再利用電腦網路的虛擬實境，提供了一個管道，讓玩家進入遊戲。這樣把『靈子結界』、『現實』和『網路』完全結合在一起，絕對是神魔級的天才科學家才有可能辦得到啊！！」

眾人聽到眼鏡猴劈哩啪啦講了一堆什麼『虛擬實境』、『網路』、『靈子結界』的專有名詞，都不約而同的皺起了眉頭。

「唉喲！」娜娜嗔道：「不懂，人家聽不懂啦！眼鏡猴你要講簡單一點啦！」

「我的意思是，設計者先設計出一個『靈子結界』。然後這個靈子結界等於一個介面，同時溝通『現實』和『網路』。就像我們的入口是『現實』，而一般的玩家的入口是『網路』，但是我們都能進入遊戲裡頭。」眼鏡猴越講越激動，講到後來，竟然手舞足蹈起來。

可是眼鏡猴越激動，大夥臉上的表情就越困惑。

「好吧，果然念理工的都和大家有代溝。」眼鏡猴想了一會，找了一根樹枝，沙沙的畫了起來。「我講的就是這樣，懂了嗎？」

現實（我們）

←→

靈子結界（遊戲本體）

←→

網路（一般玩家）

「啊！」阿胖點點頭，「我有點明白了，所以我們現在都在這個『靈子結界』中？」

「沒錯！」眼鏡猴扶了扶眼鏡，用力點頭，「所以我說遊戲設計者真是個天才啊！」

「你這個圖，讓我想到『地獄列車』……」少年H凝視著地上的草圖，沉吟道：「地獄總部就是利用靈波同調的原理，來引渡地獄列車從人間進入地獄。」

「對！」眼鏡猴聽到少年H這樣說，用力拍了一下大腿，整個人跳了起來，興奮的走來走去。

「肯定是！這人肯定是用靈波同調的設計，把我們接引到這個結界來！哇！如果是靈子同調，只要把頻率跟網路的電磁波調成相同就好了！哇！」

眾人看到眼鏡猴越來越興奮，不由的互相交換了一個眼神，會心一笑。

因為他們同時有了默契，如果眼鏡猴要發瘋就讓他去瘋，現在來討論下一步計畫比較重要。

只是這時，原本沉默無聲，有如隱形人的小三，卻比著地上的圖，著急萬分說道：「如……果……不……只……人……間……和……網……路……還……有……」

可惜小三天生講話慢條斯理，他講了半天，也沒人懂他的意思。

「什麼啊？」眼鏡猴皺著眉頭，看著小三比著地上的圖，一張削瘦的臉漲得通紅，偏偏說起話來結結巴巴，讓人聽的一頭霧水。

「這個圖有什麼問題嗎？」眼鏡猴又問道。「難道我畫錯了？」

「不……是……圖……沒……有……問……題……只……是……」

「小三。」娜娜說道：「你是不是覺得這圖有什麼不妥？這樣吧，你把不妥的地方，也畫出來好不好？」

小三用力點了點頭，拿起樹枝，在地上沙沙畫了起來。

才畫到一半，包括少年H，所有人都咦了一聲，發出驚嘆。

因為，小三在圖的最下方，補了兩個字。

現實（我們）

←→

靈子結界（遊戲本體）

↑↓

地獄

←→

網路（一般玩家）

「地獄！！？？」眾人互望了一眼，都在對方眼裡找到一絲驚懼。

「對！！就是這樣，我懂了。」阿胖用力拍了他胖胖的腦袋瓜一下。

「這就解釋了為什麼那些玩家會暴斃了。小三假設遊戲不只連接現實和網路，也連接到地獄，玩家們就是誤闖地獄，才會暴斃的！」

「可是地獄為什麼要抓他們？」娜娜問道：「我不懂，這些玩家又沒有罪……」

「問題並不在這，玩家可能只是無辜的受害者，他們只是誤闖了地獄。」這時，原本沉默的少年H突然開口。他露出罕見的嚴肅表情。「真正的問題是，為什麼那些黑榜妖怪，要不遠千里從世界各地來台灣？地獄將這些黑榜妖怪從地獄放逐超過千年。並且利用『地獄列車』嚴格控管進出地獄的人員，就是怕這些黑榜妖怪透過某些管道聚在一起，對地獄政府發動猛烈的反撲。」

「所以……」阿胖急問道：「天師，您的意思是……？」

「如果這個遊戲真如小三所推測，可以通往地獄的話，那台灣遭到黑榜妖怪滲透的原因就很明顯了，他們只是『路過』台灣……」少年H沉吟道：「黑榜妖怪們真正的目的，恐怕是透過遊戲，到達……」

「真正的地獄？！」眾人齊聲說道。

隨即，每個人都同時想到了一件事，臉色驟變。

「這麼多黑榜妖怪……同時要回地獄……為什麼…………？」眼鏡猴沒有剛才的興奮，還有些害怕，牙齒咯咯打顫。「難道……難道……他們要集體……集體叛變？」

「恐怕就是這樣。」少年H毅然站起。

「所以，我們現在最急迫的一件事，就是找出離開『地獄遊戲』的方法。然後通知蒼蠅王，我們的老巢地獄，就快被人翻過來了。」

鏘噹！

瓷杯摔碎的聲音，響徹了台灣獵鬼總部。

幾乎在杯子落地的同時，阿魯身軀猛然趴下，周圍散亂卻兇暴的刀光，把房間砍出傷痕纍纍的刀痕。

只是一刀，竟然有這樣驚人的威力，這是何等妖力啊！

暗殺者發出一聲冷笑，長長的武士刀，舉起，落下。

阿魯倉皇間，胡亂拿起桌上的書一擋，趴啦趴拉，書頁飛散，阿魯的右手被劃過一個長長的口子，齊口被切斷！

漫天飛舞的書頁遮住了暗殺者的視線，替阿魯爭取了短暫的時間，他奮而起身，不顧一切的往窗邊逃去。

「想逃？」暗殺者大笑，右手的刀子揮了幾下，書頁頓時粉碎。「就算你現在從十三樓跳出去，還是死路一條。」

「哼。」阿魯低哼一聲，用盡全力奔跑到窗戶邊，忽然背部劇痛，碰！整個人滾倒在地。

阿魯伸手往背後一摸，只見手上盡是鮮血淋漓，對方出刀好快！

只有黑榜上的人物，才有這樣的功力啊？

說到黑榜，對了，那隻獨眼……阿魯認得那隻獨眼……

只見暗殺者微微冷笑，慢慢走了過來，手上的武士刀映照出妖異的血紅光芒。

阿魯怒喝一聲，隨手抓起地上的物品，使勁往暗殺者扔了過去。

暗殺者刀起刀落，這些被投擲過來的物品，登時變成碎片。

「身為台灣獵鬼小組組長，靈力雖低，卻只有這種扔東西的能力？你未免太肉腳了吧？」

阿魯趁著機會，逃到了窗戶邊，呼呼的喘著氣。

「你想逃到窗戶邊？」暗殺者好整以暇，等阿魯靠上了窗台。

「我也不想殺這麼弱的人，你總有些特殊能力吧？……亮出來吧，我好不容易爭取到暗殺的角色，總不能比那三個人更無聊，你說是嗎？」

阿魯不斷的喘氣，眼神定定的看著暗殺者，然後一個翻身，竟不顧一切從十三樓躍了下去。

「還是只會逃？」暗殺者嘆了一口氣，「就算你的特殊能力是飛行，你以為可以躲得過我的隔空刀氣嗎？傻瓜。」

暗殺者慢慢的靠近窗台，往窗外看去，不由咦的一聲。

他原本以為，阿魯應該會在沁涼的夜空中拚命飛翔，或是掉在地上掙扎著準備逃走。

可是，窗戶外頭，除了一株巨大無比的古樹，卻什麼都沒有。

「嗯？」暗殺者露出沉思的表情，「竟然不見了？不對，要逃出我的靈力監視範圍，以他的靈力，在這麼短的時間內，是不可能的……咦？這棵樹？剛才有這棵樹嗎？」

暗殺者話還沒說完，他突然發現了一件奇怪的事情，古樹粗大的樹幹，竟然微微顫動了一下。

「欸？」

讓他吃驚的事情不只如此，這根蒼老的樹幹，猛然揮動起來，以人類肉眼無法分辨的速度，轟然撞向窗戶邊的暗殺者。

轟隆！樹幹撞破窗戶，玻璃碎片飛舞中，暗殺者來不及反應，整個人被粗大無比的樹幹，正面擊中。

第十七話《酒吧相逢》

十二月的倫敦，霧很濃。

路上的行人都拉高了領口，瑟縮的躲在夾克裡，快步穿過層層的濃霧。在一條倫敦古老的小巷中，一個陰暗的角落裡頭，掛著一塊斑駁的牌子，上頭寫著：「萊恩酒吧」。

萊恩酒吧在這棟建築物的地下室，走進去之前，你必須穿過一條陰暗黴濕的階梯。在階梯的底部，一個被鐵鏽腐蝕成深褐色的鐵門，半掩半閉，還不時發出嘎嘎的怪聲。

可是，等你推開門一看，你會訝異的發現，這裡的裝潢雖然古老陳舊，光線陰暗，更別提什麼亮麗的侍者小姐，可是卻是人滿為患，高朋滿座。

十幾張古老的桌子，總是坐滿了酒客。

只是，如果你再仔細看清楚，你會發現這些酒客都不太尋常。

酒客大都躲在黑色的大斗篷中，只露出一雙眼睛，張著他們貪婪的大嘴，吸吮著眼前這杯濃濃的陳年好酒。

少數露出面目的酒客，也都透露著古怪的氣息，不是血紅的雙眼，就是蒼白到幾乎透明的肌膚。

不過，今天，在這樣奇怪的酒吧裡頭，卻來了一個，連奇怪酒吧都感到奇怪的旅客。

這個旅客，身材相當高大，全身包在厚重的黑色斗篷中，當他推開鐵門時，還因為出力過猛，發出轟然巨響。

這樣的聲響，引起酒吧裡頭酒客的注意，他們抬起頭，瞄了這旅客一眼，露出奇異的神色，隨即又低下頭，交頭接耳的竊竊私語起來。

這名旅客身材雖然高大，可是卻有些不良於行，因為他的右腳在地板上拖著，而且他右腳似乎異常的沉重，就像綁了一根粗大石頭在腳上。

「萊恩酒吧」內，原本就斑駁的古老地板，被他沉重的右腳一拖，發出嘎吱嘎吱的怪聲。

在這片嘎吱的怪聲中，這旅人走到櫃台，他點了杯熱啤酒，然後找一個空位，一屁股坐下。

很快的，一杯熱啤酒上桌，旅客用右手舉起酒杯，大大的灌了一口，想儘快驅逐十二月濃霧的寒氣，這屬於倫敦才有的濃溼寒氣。

他舉起右手的瞬間，露出了幾根手指，讓附近敏感的酒客微微騷動起來。

因為，他的右手上，竟然有三根指頭是灰色的石頭，竟然有人的手指頭是石頭？

而且石頭和肌肉嵌鑲的鬼斧神工，簡直就像是真的手指變成的石頭。

奇異旅客坐下大約十分鐘，酒吧裡頭，另一個人突然站起來，走到奇異旅客的桌前，問都不問，毫不客氣的坐在旅客對面。

這人也是全身包的紮實，但是依他走路的身形看來，這人應該是個女子，而且由她扭腰甩髮的姿態，推測她原本應該是個長髮婀娜的女子。

只是不知道為什麼，她原本的長髮被削的一乾二淨，只留下一顆光溜溜的頭顱。

一個手指被石化的旅人和一個原本長髮的女人，兩人就這樣面對面，無聲的對坐了一分鐘。

終於，女子先開口了。「你，果然來這了?」

「倫敦，是我的老家。」奇異旅客的聲音一出，沙啞低沉，給人一種粗獷的魅力。

「不管怎麼樣，總是要回來的。」

「可惜你回來，被我給猜中了。」女人聲音高昂起來，難掩的笑意。

女子下意識的撫了撫自己的肩膀，這是長髮女子順髮的動作，可惜此刻女子頭上已經沒有頭髮了。

「妳也很厲害，懂得在這間『萊恩酒吧』埋伏等我。」奇異旅客嘆了一口氣。「我們互相追逐獵殺對方將近一個月，終於要在這裡劃上尾聲了嗎?」

女子笑了起來，她的笑聲並不悅耳，反而尖細的讓人皺起眉頭。

「這一個月，我們也賠了不少啊。你的右手三指，整條左手臂、右腳、左半邊臉，不是都被我變成石頭了嗎？」女子說到這裡，眼睛閃爍駭人的紅光。「我的石化之眼，味道不錯吧？」

「是啊。你也好不到哪去，你最引以為傲的雙眼，被我挖去一顆，蛇絲般的長髮，被我斬成平頭。」奇異旅客也笑了，發出一陣低沉爽朗的笑聲。「我的狼牙滋味不賴吧？」

這兩人哈哈笑著，乍看之下，好像兩個好久不見的老友，偶然間在倫敦重逢，細說起當年的往事。

可是，誰知道，他們的對話內容，竟是如此血腥暴力。

「可是，畢竟還是我贏了吧。」女子微笑，「石化可以除靈來化解，長髮可以再長，我的眼睛數百年後仍然可以再生。但是性命丟了，就沒辦法了。是不是啊？親愛的……狼・人・T。」

「唉，以我現在的狀況，的確打不贏妳……」狼人T用僅存的右手兩根指頭，扣住啤酒杯，嘆了一口氣。「在這跟妳對打，我肯定會在這裡喪命，妳是這樣想的吧？黑榜梅花皇后……梅・杜・莎。」

「呵呵，當然，除非你還有什麼絕招？」女子微笑，「但是我們互相追逐了一個月，我不相信你留有一手，我對你的戰鬥特質和能力，已經瞭若指掌了。」

「不，我的確江『狼』才盡了。我的變身、利牙、狼爪、月下突襲，這些絕招都在跟妳作戰時用過了，就算我擁有特殊的白狼化能力，我也用不出來，」狼人T搖了搖頭。「此刻如果我跟妳打，我必死無疑。」

「呵呵，你知道就好。」女子把手肘放在桌上，十指交叉，撐住她尖細的下巴，甜甜一笑。「那狼人T，帥氣的戰士啊，你想要怎麼死呢？我可以給你最後優待喔，要被我完全石化？還是把頭割下？或者是被我毒蛇咬死？」

「謝謝，但是我並不想死。」狼人搖頭。

「啊？」女子微微詫異，「你不會以為，我也重傷到不能殺你吧？」

「不，我知道的，這一個月來，我知道妳雖然也重傷，但是要殺我還是綽綽有餘。」狼人T注視著啤酒杯，緩緩的說著。

「呵呵，那你還在堅持什麼呢？」女子說道：「難道你在等獵鬼小組援軍？別做夢了，呵呵，以我們黑榜的手段，你以為曼哈頓獵鬼小組還會有人活下來嗎？」

「等獵鬼小組，不不不……」狼人T搖了搖頭，「我想妳誤會了，梅度沙啊，我不知道是誰提供『萊恩酒吧』的情報給妳的，但是他肯定說漏了一件事。」

「什麼事？」女子聽出狼人T的話中有話，一呆問道。

「我狼人T會到『萊恩酒吧』，絕對不是在等援軍。」狼人T說著說著，嘴角慢慢的揚起。

「而是我就在『援軍』裡頭！」

「什麼！！」蛇髮女妖首次露出驚駭的表情，猛然站起，背後的椅子砰的一聲摔倒在地上。

「是！」

「是不是啊?！」狼人T對著酒吧的酒客們，高聲大吼：「倫敦的妖怪兄弟們！」

酒吧裡妖怪同聲應答，轟然一聲，聲音之響氣勢之盛，竟然整個酒吧震動起來。

「萊恩酒吧」裡頭，三十四隻各式各樣，兇猛無比的妖怪，同時脫下斗篷，發出激烈的咆哮聲。

各種魄力十足的吼聲，在酒吧中發出驚人的迴聲，讓天花板的灰塵，簌簌落下。

原來「萊恩酒吧」正是倫敦妖怪的大本營。

蛇髮女妖慢慢的轉頭，周圍各種妖怪，有全身骷髏的不死族，有長髮披肩的鬼巫婆，還有身材比狼人更壯碩的科學怪人，甚至還有身材矮小的小哈比人。

蛇髮女妖微微苦笑，只剩單眼又重傷的她，能石化幾隻妖怪?恐怕還沒石化結束，她就變成倫敦的碎肉屍塊了。

狼人T緩緩起身，背對著驚恐的蛇髮女妖，將牠手中的啤酒杯輕輕一摔。

玻璃杯墜落地面，碎開的瞬間，只聽到狼人T冷冷說道。

「兄弟們!給我扁！」

第十八話《樹靈》

台灣獵鬼小組總部。

只見古木巨大的樹幹橫衝入窗戶內，激起無數的玻璃碎光，直撞剛才不可一世的暗殺者。

轟然巨響，暗殺者的身軀往後激彈起來。

可是暗殺者雖然整個身體被撞飛，卻在空中翻了兩圈，穩穩落地。

「原來你是樹靈？」暗殺者看了看手中斷成兩截的武士刀，隨手拋在地上。

古木的樹葉震動，發出震人耳膜的巨響。

「正是，你是織田底下，四天王之一的龍將軍？」

「答對了。」龍將軍一笑，「樹靈！哈哈哈，沒想到我這次的暗殺任務，會獵殺到如此珍貴稀有的靈種。」

哼。

阿魯古木發出轟隆轟隆的聲音，揮動粗大無比的樹幹，有如他的手臂，再度揮舞起來，爆出驚人的氣勢。

龍將軍微微冷笑，右手伸到背後，握住了另一把刀。

這一把刀，只是稍微離開劍鞘，薄薄的劍光，就讓阿魯打從腳底升上一股寒意。

這刀……這刀……

「哈哈。你認得這把刀，你認得這股妖氣。」龍將軍冷笑。「這把刀赫赫有名，因為它是唯一登上黑榜百名內的兵器，排行六十四，記住了，它的名字就是……」

龍將軍將刀整個抽出來，雙手握刀，高舉過頂，刀身發出一陣沁寒的光芒。

整個房間，頓時瀰漫在一片迷濛的深藍裡。

「妖刀村正。」龍將軍大喝，一刀斬下，淒厲強大的湛藍刀氣破空而出，無聲穿過窗戶，也穿過了粗大的古木。

古木阿魯沒有哀號，沒有憤怒，只是原先激烈舞動的樹幹，猛然一頓，從此靜止。

龍將軍慢慢的走向窗外的阿魯古木，伸出手指，在巨大的樹身上輕輕一按。

嘎嘎嘎嘎嘎……古木身軀發出劇烈悲鳴，被龍將軍這麼輕輕一按，剛才被妖刀村正劃過的刀痕頓時擴大起來。

刀痕越來越大，嘎嘎嘎嘎……直到延伸過整株樹幹。

碰！古木斷成兩截，上面那截狠狠地摔在地上。

只是一刀，這株以阿魯靈力所化成的巨大古木，就這樣被硬生生斬斷。

龍將軍站在窗口，冷笑之餘，額頭卻滿是汗水，要知道妖刀村正的破壞力極強，唯一的缺點，就是會吸收使用者大量的靈力。

就算是龍將軍這樣級數的高手，他一天也只能揮出一刀而已。

「能讓我出妖刀村正，你也算是死的不枉了。」

「哈哈哈……」龍將軍大笑轉身，離開前，拳頭一揮，砸毀了那台正在輸送資料的電腦。

電腦發出激烈的火花，螢幕熄滅之前，最後的傳輸比率，就這樣悲傷而淒涼的停在百分之三，再也不能動彈了。

外頭，被砍斷的古木，慢慢的透明，然後逐漸在空氣中消失。

只是，無論龍將軍、電梯亡靈，甚至是組長阿魯，都沒有發現到一件事。

在龍將軍離開之後，總部的角落，飛散的報紙下面，有個小東西動了動。

小東西先是探出頭，確定沒有危險之後，慢慢爬了出來。

小東西的身形不大，大約一隻家貓的大小。

但是，牠並不是貓，因為牠有著赤紅的身軀，大大的眼睛，重要的是，牠有一雙尚未長大的翅膀。

牠是小火龍。

小火龍飛到古木屍體旁邊，低下頭，用鼻子嗅了嗅，突然露出驚喜的表情。

牠高興的在地上扒了幾下，從土中挖出一個深色的種子。

然後，牠小心翼翼的銜起種子，往無垠的夜空飛去。

台北市士林夜市小巷。

「天師，那我們現在該怎麼辦呢？」娜娜問道。

「我猜想，我們現在既然身在遊戲中，只要走出這條巷子，遊戲就開始了。」眼鏡猴回答。

「嗯。」少年H點點頭，「那我們走吧。」

眾人慢慢的走到巷子口。

果然，巷子口的地上，有著一條白色粉筆畫出的線，還有一段潦草的字跡。

————————遊戲開始線————————

本地獄遊戲版權所有，試驗性質，嚴禁轉錄。

本遊戲有相當的危險性，在你開始本遊戲的同時，請注意您自身的安全，若發生重大危險，本遊戲一概不負責。

「真是讓人安心的遊戲警告啊……」阿胖苦笑。

「走了。」少年H點頭，沒有一絲猶豫，義無反顧的跨過了那條白色粉筆線。

這一瞬間，他有種奇特的感覺，彷彿身體瞬間被分解，然後又在瞬間被重組起來。

當他清醒過來，他發現自己正身在一個黑暗的房間中，在他眼前，是一個巨大無比的櫃子，櫃子上頭還有數不盡的抽屜。

這櫃子既高且寬，無論是高度還是寬度，都看不到它的盡頭。

而且櫃子上頭，每個抽屜都貼著編號和名字。

少年H微微遲疑了一下。這時，房間裡頭，響起一個聲音。

（歡迎光臨地獄遊戲！請輸入您的姓名！若是新玩家，請按照程序註冊……）

「我是新玩家。」少年H回答。

（新玩家，歡迎您的加入，本遊戲有相當的危險性，請問您確定要加入此遊戲？）

「確定。」少年H答道。

（謝謝您的答覆，請您輸入您的名字，希望從事的職業，以及破關的條件。）

「名字是少年H……」

（【少年H】，滴滴……記錄完成。請問職業？）

「職業，我不太懂你的意思……」少年H問道。

（職業說明，詳情請參考遊戲守則第十二條：本遊戲共設有四個職業，分別是【士】、【農】、【工】、【商】，選擇職業後，遊戲將會依照您的職業提升等級，四個職業所得到的能力和武器也會不同……請您依照您的興趣，挑選一個最喜愛的職業。）

「這樣的話……既然我是讀書人。」少年H沉吟了一會，「我選【士】好了。」

（【士】……滴滴……記錄完成。請您伸手觸碰眼前的圓盤，本遊戲將會替你設定破關條件。）

只見少年H眼前突然升起一個銀色的圓盤，圓盤的中央一個紅點快速閃爍，頗有科幻的氣氛。

「抱歉，什麼是破關條件？」

（破關條件，詳細請參照遊戲守則第二十五條：破關條件是玩家可以在遊戲之前，依照您內心的渴望，設定達成的目標，例如【商】屬性的玩家，如果您希望當上【億萬富翁】，當您達成時，恭喜您，您破關了！如果您的目的是當上一城之主，您將會在當上【城主】時破關。破關時，您可以選擇繼續遊戲，或是離開遊戲……同時，本遊戲將會對所有玩家的條件保密。）

「如果，一直達不到目標呢？」

（您必須繼續參與遊戲，直到破關為止。）

「那不就等於困在遊戲中了？」少年H微微一驚，「這樣的話，我還有機會離開遊戲嗎？」

（以網路玩家來說，您只要關機就可以了。）

「如果不是網路玩家？」少年H心驚，他可不是網路玩家，他是現實玩家啊。

（……無法回答，無符合此問題之答案。）

「幫我設定遊戲條件？」少年H深吸了一口氣，伸出了右手，輕觸眼前圓盤上的紅點。

（滴滴……設定完成……您的破關條件……是完成您四百年前的夙願。本設定屬於特殊案例，編號S665，本遊戲將會為您安排。）

「夙願……」少年H臉上原本的輕鬆瞬間消失，換上了無法言喻的驚訝表情。

「你們這遊戲……究竟是什麼？你們可以完成我的夙願？等等……」

（新玩家：少年H，登錄號碼h51113784，職業【士】，您的抽屜號碼是hhhh，謝謝您的加入，請您盡情享受本遊戲。）

「喂！」少年H忍不住大喊道，「你們可以看透夙願？究竟是……」

可是，少年H還在大喊之際，突然眼前巨大的櫃子開始快速移動起來。

在他眼前，巨大的櫃子不斷上下左右移動，速度之快，令人眼花撩亂。

噹。櫃子終於停住了，隨即，一個抽屜從櫃子中彈了出來。

櫃子上頭的編號是hhhh，而使用者的名字，正是少年H。

抽屜裡頭，有一個機器手套，還有一枚指環。

少年H剛拿起這兩樣東西，抽屜就咻一聲，收了回去。

然後，不知道哪裡蹦出來的一道門，出現在少年H的身後，緊跟著，門自動打開了。

上方，同時傳來遊戲的聲音。

（玩家少年H，請您盡情享受，這個地獄遊戲！這個危險但是絕對讓您值回票價的遊戲！）

第十九話《貓女出關》

這裡是第九層地獄。

第九層地獄，是所有地獄居民口中的「極寒之地」。

這裡因為積蓄了從阿鼻地獄冒出來的萬年寒氣，而形成一片終年酷寒，一望無際的綿延冰山。

在這塊極寒之地中，唯一的顏色，就是白色，那是一種沒有生命，沒有語言，沒有任何感情的白。

萬物到了這裡，不是進入永恆的長眠，就是從此停止呼吸，與雪白同化，成為寒冰的一部份。

只有極少極少數的種族，像是雪怪，他們可以適應這樣的低溫，牠們躲在雪原的深處，過著與世無爭的生活。

但是，在這片沒有感情，白皚皚的雪原中，卻有個讓人望而生畏的灰色巨塔。

這個灰色巨塔，是所有地獄逃犯的惡夢，也是地獄總部用來顯示權威的酷刑監獄。

他們稱這巨塔為「灰色巨塔」。

灰色巨塔中，共有五十五個牢房，越靠近塔頂，所囚禁的犯人等級越高，通常是雄霸一方的怪傑，或是手上沾滿萬人血腥的魔王。

這五十五個房間，第十層是塔頂只有一間，第九層共兩間，第八層三間……第一層則是十間，依序共有十層。

塔頂的牢房是單人房，只有威震地獄的魔王才有資格居住，也從來沒有人看過頂樓的模樣，但是不知道從什麼時候開始，地獄這樣謠傳著，頂樓的牢房不是空的，裡面住著一個無敵的高手，這位高手甚至是自願進入牢房的。

而第九層的房間，也是單人房，則是關著僅次於魔王的大人物，這裡被地獄的民族，稱為「不死者的絞刑台」，因為這裡專門囚禁地獄中，強大又擁有無窮生命的不死族。例如剽悍的吸血鬼族、詭異的殭屍族、邪惡的骷髏族，當然，還有人稱九命不死的貓族。

但是，這座「不死者的絞刑台」卻已經超過三百年沒有人使用了，原因並不是地獄突然太平了，更不是不死族突然改邪歸正了。

而是，當所有身犯重罪的不死族知道，自己會被送入這「不死者的絞刑台」時，一定會千方百計的讓自己不朽的生命結束，例如吸血鬼族會懇求夥伴送來一襲日光，他們寧可灰飛湮滅，也不願走進這個傳說中的絞刑台。

由此可知，這絞刑台是多麼的可怕。

此刻的貓女，就在這一層的堅牢之中。

這個「不死者的絞刑台」外表看來，構造相當簡單。它是半徑一公尺的圓盤，由第九層地獄所特產的玄冰鑄成。

圓盤上有著無數的小洞，並且刻著用古老文字寫成的咒語，這些咒語可以克制不死族強大的力量。

行刑的方式更簡單，只要把不死族綁在圓盤上，咒語啟動時會發揮磁力，把受刑者吸在圓盤上，無論妳實力再強，都動彈不得。

而真正的恐怖，卻是來自圓盤上無數的小洞。因為小洞會不定時鑽出一根又一根尖銳的冰刺。

冰刺一旦長出，滋一聲，就會穿透不死族的身軀，當冰塊接觸到不死族溫暖的血液，就會融化退回原處。

下一次，又是一根根無法預料的冰刺，從圓盤的小洞透出，貫穿不死族的身軀，然後融化，然後刺入……不斷的重複，直到受刑者的生命結束，對不死者來說，行刑的時間，就是永遠。

這讓不死族又恨又怕的刑具，就叫做「不死者的絞刑台」。

不過，這個塵封三百年的絞刑台，此刻卻再度成為極寒監獄的新寵兒。

因為，極寒地獄來了一名既不肯投降，又不肯自殺的不死族。讓獄方驚喜的是，來人身分尊貴到可以進入灰色巨塔的第九層，又是如此強悍的不死族。

她的名字，叫作貓女。

經過了整整一個月的酷刑，整整一個月的「不死者絞刑台」，充滿迷人魅力的貓女，此刻也露出了疲態，散亂的黑髮披在臉頰前，雙頰凹陷，除了一雙依然動人心魄的綠眼珠和掛在嘴邊的冷笑，此刻的貓女已經累了。

而今天，極寒監獄的典獄長又再度來到第九層，來探望他最愛的囚犯貓女。

這名典獄長身材不高，留著小鬍子，細長的雙眼，給人一種不太舒服的印象，尤其是他熱愛穿軍服，動不動就愛喊納粹萬歲。

每天的這個時候，他都會特地來欣賞貓女受刑的模樣，滿足他還活在人間時，以人皮做沙發，用毒氣虐殺上百萬猶太民族時的快感。

對他來說，貓女，這位曾經是地獄雜誌上的明星，曾經是擁有輝煌過去的妖豔美人，淪落倒如此下場，更給他一種說不出來的變態快感。

如今，典獄長踩著響亮的馬靴聲，再度來到了貓女的牢房前，此刻，貓女的黑髮，因為寒冷而凍成淡淡的青藍色，曼妙的身材上傷痕累累，連原本最迷人的笑容，都顯得有些僵硬。

典獄長笑了。

這樣的貓女，好迷人啊。

「寶貝貓女，我又來看妳啦。」典獄長嘴角冷笑，「今天的絞刑台滋味好不好受啊？」

「哼。」貓女不想說話，冷漠的回應著。

「呵呵，老實說，」典獄長舔了舔嘴唇。「我多期望妳永遠不要對地獄總部低頭，永遠乖乖的待在這裡……」

「喵哼。」貓女忽然抬起頭，凝視了典獄長一眼，又將頭低了下去。

「嘻嘻，不說話的貓女，也很迷人啊。」典獄長細細的眼睛，閃爍著又邪惡又滿足的光芒。「不過妳不愛說話，是不是嫌冰柱不夠多？我們一次刺三根好不好？這樣痛起來也過癮，我看起來也爽啊！」

「妳……」貓女頭低低的，散亂黑髮後面的嘴角卻揚起。「終於來了啊？」

「什麼？」典獄長一呆，「妳說什麼來了？」

「妳這個傢伙，讓我等了這麼久啊？」完全不理典獄長的訝異，貓女繼續說著。

「欸？難道我的絞刑台用的太強，將貓女逼瘋了嗎？」典獄長笑著說道：「被逼瘋的貓女，也同樣可愛啊。」

「裝瘋賣傻？」貓女一甩金髮，那雙明亮的綠色貓眼，閃爍著有如綠寶石般的光芒，直瞪著眼前的典獄長。「妳這傢伙，在我面前還裝瘋賣傻？」

「啊？」典獄長不解的回瞪貓女。

「妳以為妳那點變身術能瞞的了我嗎？」貓女眼睛笑瞇了起來。「鑽石皇后，妲己。」

「哎啊啊。」典獄長低頭笑了起來，竟不是原本陰暗低沉男音，而是尖細嬌媚的女聲。

「我是哪裡露出了破綻呢？」

「破綻？」貓女冷笑，「這個該死的典獄長，在對我說話的時候，縱使變態，也不會痛恨的咬牙切齒啊，這世界最恨我的人，除了妳，我想不出別人啊。」

「哈哈哈哈哈……」典獄長大笑起來。

同時，他的臉龐急速扭曲，原本分明的男性五官，逐漸變成了細緻柔嫩的女子臉龐。

這女子有著一對相當細長的眼睛，帶有濃厚東方血統的五官，散發出極為誘人的魅力。

「貓女姊姊，那妳就別怪人家咬牙切齒了嘛。我還特地來救妳了。」妲己嘟起嘴，「這裡好冷欸。」

「喵，被千年妖狐稱一句姊姊，我可不敢當啊。」貓女也笑著說。

「哎啊，埃及的古老神祇貝絲特女神，論年紀，我還差您一大截呢。」妖狐這麼一笑，讓人連骨頭都酥了起來。

「是啦。快點放我出去，九尾妹妹。」貓女這一笑媚的入骨，濃的膩人，跟九尾的狐媚相比，竟是不分軒輊。

「我說咱們兩個啊，」九尾狐一邊說著，身後則有如孔雀展翅，亮出九條尾巴，每條尾巴都是蓬鬆柔軟，閃耀著讓人癡迷的各色光芒。「同樣站在靈獸系的頂端，為什麼不能好好相處呢？」

這話一說完，九尾狐的其中一條色彩暗沉，彷彿帶有千斤重量的尾巴，猛然甩出。

轟！直接撞上貓女背後的「不死者的絞刑台」。

只見那台「不死者的絞刑台」碎成了無數晶亮的寒冰碎片，隨即，碎冰如同雨點般落下。

同時，九尾狐另一條紅色尾巴再度甩出，吐納著熾紅的火焰，有如追日的流星，爆出熊熊烈焰，火焰將絞刑台的碎片吞噬，瞬間蒸發殆盡。

「謝啦。」貓女動了動手腕，笑道。

「不客氣。」九尾狐微笑。

「妳特地來接我，是要帶我去哪呢？」貓女說。

「一個東南亞的小島。」九尾狐用手細細梳整了她的尾巴，然後咻一聲全都收到了她的背後。「好像就叫做……台灣吧。」

第二十話《靈力值》

台灣，地獄遊戲之中。

少年H眼前這道奇異房間的門，發出輕微的聲音，緩緩的打開了。

原本，少年H猜想，遊戲的場景應該是一片寬闊無邊的草原，或是頗有中世紀歐洲風味的城堡。

就他的認知，一般網路遊戲，應該都是這樣，為了讓玩家跳脫現實生活的車水馬龍，才設計出來的奇幻世界。

但是，當他推開門一看，他不禁有些發愣，這裡……依然是車水馬龍的台北市啊。

接著，阿胖等人也跟著出來了，他們推開自己的房間門，跟少年H出現在同一個地方。

「這裡……還是台北市？」阿胖皺起眉頭，轉頭問眼鏡猴。

「是啊。」眼鏡猴點點頭，「這款遊戲之所以可以橫掃台灣市場，最大的原因，就是遊戲的背景，根本就是台灣啊。」

「真的假的？」娜娜也跟著出現，詫異的說：「設計者竟然可以把台灣的場景整個拷貝進入遊戲中？」

「所以這是一款相當神奇的遊戲。」眼鏡猴扶了扶眼鏡，說道：「各位，我先就我所知的網路遊戲知識，跟各位做個說明。」

「請說。」大家同聲說道。

「首先是我們拿到的這兩個配備，一個是機械手套，一個是指環。」眼鏡猴拿起手中的這兩樣物品，對著眾人展示。「每個人把機械手套給戴上，有沒有看到機械手套上面螢幕出現兩個數字？」

眾人依言把手套戴上，機械手套上有個大約手錶大小的螢幕，滴滴兩聲，螢幕上跑出兩串數字，數字一紅一藍。

「藍色的數字是『靈力值』，按照網路遊戲的設定，靈力值是影響我們對付怪物時，能使出絕招的等級……因為使用絕招，需要消耗靈力……」

「怪物？」聽到這裡，阿胖忍不住插嘴。

「是，怪物。」眼鏡猴扶了扶眼鏡，露出怪異的笑容，「怪物是各款遊戲中必然存在的設定，通常是給玩家練習戰鬥和提升等級用的。」

「怪物會很可怕嗎？」娜娜緊張的問。

「這，在電腦螢幕上，怪物再可怕，也是被關在螢幕裡頭，但是如果我們是在現實中看到怪物……我不敢保證……」眼鏡猴回答。

「娜娜，妳幹嘛那麼怕怪物啦，我們平常在打的不就是怪物嗎？」阿胖說。

「可是……」娜娜嘟起臉，「人家就是會怕嘛！如果遇到很噁心的怪物，你們要幫我打喔！」

眼鏡猴說：「我先把靈力值的部份說完，靈力值越高，你能使用的絕招就越多，同時遊戲中會提供一些商店，販賣可以補充靈力值的藥水……」

「啊！」忽然阿胖一聲大叫，打斷了眼鏡猴的說話，「喂！我的靈力值跑出來了，欸？152……這樣很高嗎？」

「我的也出來了，205！」娜娜高興的說，「我比阿胖還高！」

「啊，不準不準啦。」阿胖皺了皺胖臉，問道：「眼鏡猴，你多少？」

「我……45……」眼鏡猴似乎有點不敢相信，又搖了搖手上的機器。「難道壞了？怎麼這麼低？好吧，戰鬥原本就不是我的專長，四十五就四十五，哼！」

「我……才……80……」小三也有些洩氣的說。

「小三你不同啦。」阿胖看到眼鏡猴靈力值比自己還低，心情登時好轉起來，還轉頭安慰小三。「你的靈種這麼特別。也許你一發功，靈力就會提升了。」

「嗯……」娜娜轉頭看看一直不發一語的少年H，「天師，您的靈力是多少？我好好奇喔。」

「這，我不太會看。」少年H提起他手上的機器，「數字還在跑，也許我的也壞了？」

「還在跑？怎麼會跑這麼久？」眾人一聽，不約而同的圍過去看，然後所有人同時驚叫。

「哇！！！！！」

「850……900……960……」眼鏡猴喃喃自語：「已經超過一千了，數字還在增加……」

「天師，您究竟是怎麼鍛鍊的……」胖子呆呆的問。

「是嗎？」少年H看了看手上的機器，沉思道：「設計者如果可以設計出偵測靈力大小的機器，這在地獄可是不得了的大事啊！我在想，為什麼這款驚人的遊戲，在地獄從來沒有聽過？」

「對啊。我也覺得這遊戲相當的神奇，已經遠遠超過我的認知範圍了。」眼鏡猴點點頭。「這個設計者，可以得到地獄諾貝爾獎了……但是我記憶中卻對這個機器完全沒有印象。」

「嗯，你們進來之前，遊戲本身有詢問你們的『破關條件』嗎？」娜娜問道。

「有啊。」阿胖說道，「這點更是神奇，他能夠知道我的願望！光憑這點，這遊戲就十分讓人害怕了。」

「嗯，我猜想，遊戲設計者中肯定不只一人，也許其中有能夠窺視內心的妖怪？例如『夢魔』？或是第八層地獄海中的『魟魔』，牠能將改變外型，變成對方內心思念人的模樣？」少年H沉吟了一會。

「這是唯一可能的解釋，但是建構出這麼龐大的遊戲，動用這麼多的強大妖怪，遊戲設計者到底在想什麼？」少年H又說。

「不知道……」眾人面面相覷。「讓黑榜諸妖回到地獄？」

「要讓黑榜妖怪回到地獄，其實不用這麼麻煩。也許設計者還有其他的目的……」少年H接著說。

「不管了。」眼鏡猴舉起他手上的機器，「現在我來介紹機器手套上的紅色數字。紅色數字代表的是『體力值』，在我們遊戲玩家口中，俗稱是『血』，特別要注意的是，血用完了，玩家就死了……」

「咦？」阿胖又問道，「『死了』的意思是？」

「在網路遊戲中，死了頂多會把你原本的裝備『噴』出來，然後遊戲重新開始，通常只要存檔，就不怕死掉。」眼鏡猴嚴肅的說：「但是，我們在遊戲中，我猜……我們會就這樣，真的掛掉。」

「掛掉？」娜娜露出害怕的表情。「所以我們只有一次機會？」

「真是讓人安心的遊戲啊。」阿胖苦笑，看了看自己手中的機器，轉頭問道。「我的體力是50，你們呢？」

「我也是……」

「我也是欸……」

「咦？體力值大家都一樣嘛。」娜娜說道。「只有50，不會太少嗎？」

「放心，無論是體力還是靈力，都會隨著等級的增加而增加的。」眼鏡猴跟著說。

「我們只要勤加鍛鍊，多打些怪物就可以了。當然補充體力的藥水，也應該可以在商店買到……」

「嗯。」少年H看了看手上的機器，「我的藍數字停了。一、二、三、四……這樣是多少？在我那個年代，很少用到上千的數字，我對數字沒概念。」

「502。」阿胖瞄了一眼，喜道，「才五百多，看來我和天師差不多……好，我要加把勁練回來！」

「笨蛋阿胖！」眼鏡猴一看，罵道，「是5002！五『千』零二啊啊啊！」

「嚇！」眾人又發出驚嘆。

「原來是這樣啊。」少年H害羞的笑了笑，他心中想到的是，不知道曼哈頓那群老戰友，他們的靈力值有多少呢？

狼人T這傢伙是肌肉棒子，大概不太多吧。

吸血鬼女的靈力值恐怕是最高的。

還有，貓女，恐怖的暗殺者，她的靈力值是多少呢？

對了，應該給伯爵德古拉量量看的，恐怕可以破萬吧。

第二十一話《設定》

台灣島，地獄遊戲裡。

眼鏡猴拿起手上那枚指環。「現在我來介紹遊戲的第二項必備裝備，地獄指環。」

「指環所顯示的是你的階級，也就是『等級』的意思，針對我們所選擇的職業，會呈現不同的色彩，像我選擇的是【商】，指環就是黃色，由黃金鑄成。」

娜娜舉起她手上的指環，說：「我的是【工】，紅色屬性，戒指是由紅寶石鑲成。」

阿胖跟著說：「我的是【農】，綠色，戒指是由翡翠打造。」

小三手上也舉起手，手指上的指環，呈現出翡翠般的綠色，開口說：「我……的……」

看到小三又開始支支吾吾，眼鏡猴連忙阻止他。「小三，你別說話，我們看到了，你的也是【農】，和阿胖一樣。」

「喂！」娜娜瞪了眼鏡猴一眼，「眼鏡猴！你幹嘛每次都打斷小三啊！」

「我是怕小三講話慢嘛。」眼鏡猴吐了吐舌頭。「拜託，講這麼慢，還不如我幫他講算了！」

「我是【士】，藍色，藍寶石。」少年H最後說。

「沒錯，這樣我們就可以針對指環的顏色，來判斷玩家們的職業，而且不只如此，指環的背面還刻著我們的等級，這些都會隨著等級增加而改變。」眼鏡猴說完，又補充道。

「而且，這個地獄遊戲中，保護自己的指環是很重要的，因為指環被取下，是可以到商店去換錢的。」

「啊……你的意思是……」阿胖好像想到什麼。「有人會搶指環嗎？」

「答對了！」眼鏡猴扶了扶眼鏡，「這叫做指環獵人，他們很麻煩的。」

「大概懂了。」眾人一起點頭。

「嗯，目前我就先介紹到這裡好了，我們先附近走一圈，實際體驗一下，有疑問我再替大家解答。」眼鏡猴說。

「好！」阿胖興奮的摩拳擦掌，「準備打妖怪了。」

阿胖這句話剛說完，巷口突然出現了一個警察。

這個警察，對著他們慢慢走過來，然後從懷中掏出了一個黑色物體，對準少年H等人。

「警察？」在眾人錯愕的時候……

碰！黑色物體傳出一聲槍響，伴隨著刺鼻的煙硝味噴了出來。

「啊！」伴隨著這聲突如其來的槍響，小三尖叫一聲，仰頭便倒。

意外狀況出現，眾人同時大亂，阿胖伸手扶住倒下的小三。剩下幾個人連忙各自散開，尋找掩護。

「眼鏡猴，警察為什麼攻擊我們？」躲到小巷後頭的娜娜急問。

「因為這是地獄遊戲啊！」眼鏡猴苦笑，「我剛剛才想跟你們說，遊戲中的警察，就是所謂的怪物。」

「啊……警察是怪物？」眾人互看了一眼，都感到又好笑又好氣。

「沒錯！還有清潔隊員，消防隊員都是，最強的怪物是軍人。」眼鏡猴又說道。

「老實說，還真不太習慣打警察呢。」少年H苦笑。

「打警察嗎？哼哼，那交給我吧。」只見娜娜曼妙身材一晃而出。

那個警察一發現她，右手的手槍隨即對準娜娜。

砰！砰！砰！毫不留情，就是三槍。

娜娜身軀一矮，靈敏的身法搭配迅捷的步伐，躲開了這三槍，一眨眼，就到了這位怪物警察的面前。

「嘿！我告訴你，我最討厭的就是警察！」娜娜大喊一聲，五色靈絲中，負責攻擊的黑絲，從她纖細的指尖驟然彈出，黑線一顫，貫入警察的額頭。

黑絲顯威，一擊必殺，怪物警察身體抖了兩下，砰然跌倒。

看到此景，阿胖低聲說到，「其實娜娜才被一個交往了三年的警察給甩了……女人的怨念還真是恐怖。」

只見那個警察的屍體爆出一陣白煙，地上突然出現了一個『黑貓電池』。

娜娜低身撿起『黑貓電池』，疑惑的問道：「眼鏡猴，這是什麼？為什麼警察會留下這個東西？」

眼鏡猴跑了過來，接過電池看了一會。「啊！我知道了！這是妳的『武器』。」

「武器？」娜娜噗嗤一聲笑了出來。「拿這個武器要幹嘛？丟人嗎？」

「妳不懂啊。這黑貓電池是妳紅色【工人】最基礎的武器，網路遊戲剛開始都是這樣的，從肉搏開始，然後撿到木棍，然後是便宜的刀啊，劍啊，再來才是高級的武器。」

「那……那我究竟拿這個『武器』，黑貓電池要幹嘛？我可以怎麼攻擊敵人？」娜娜睜著一雙美麗的大眼，問道。

「基本上，現在妳拿黑貓電池是打不死敵人的，妳聽過這世界上，有人被黑貓電池電死的嗎？」眼鏡猴笑道。

「那我要這個廢物幹嘛？」娜娜秀眉微蹙。

少年H這時候開口了。「凡是總要有個開始。娜娜，現在是因為妳現在身法矯健，有了深厚的武學基礎，才可以輕易擊倒敵人。」

少年又繼續說：「如果我沒猜錯，這樣一個小小的武器，對一個什麼都沒有的初級網路玩家來說，應該還是很好用的。」

「大師說得真好啊！您真是幾百年前的古代人嗎？好進入狀況啊！」眼鏡猴讚道：「我不清楚【工人】的高級武器是什麼，但是看到你的基礎武器是電池……也許和電有些關係吧。」

娜娜聽到少年H這樣說，微微點頭，突然低頭，咦的一聲。「看！我的機器手套，有變化了！」

只見娜娜機器手套上的螢幕，跳出了第三行數字。

黑色的數字。

數字急速的增加，直到100才停下來。

「這是什麼？」娜娜比著這個黑色數值，擔心的問。

「恭喜妳啊，這是『經驗值』！」眼鏡猴扶了扶眼鏡，笑著說。「打倒怪物或是敵人，就會得到一個固定的數值，這個數值就稱為『經驗值』。『經驗值』是升級的依據，經驗高到一個標準，就會往上升一級。」

「升級，升級，老是聽你在說升級，那到底是什麼？」娜娜揪著嘴問道：「升級有什麼好處嗎？」

「嘿！這你就不懂了，升級可是遊戲玩家最重要的事情啊！升了級，很多特別的武器才能使用，很多特別的地方才能去！而且升級有很多優惠的！連去商店都會遇到比較漂亮的妹妹接待……例如最有名的金錢豹酒店，就有限制等級……」

「咳咳……」一旁的阿胖突然咳了起來。

「金錢豹酒店？」少年H露出好奇的神色。「那是什麼？」

「大師這部份您別懂，文化隔閡，文化隔閡。」阿胖一邊說，手一甩，打了眼鏡猴的後腦勺一下。

「不過，大家可不可以來看一下小三，他的狀況怪怪的。」

「啊！小三怎了嗎？」娜娜急問道。

「說嚴重也不嚴重，他剛中了一槍，雖然不痛不癢，卻讓他的紅色體力值一口氣從50降到10，好像挺危險的。」

「吁……那還好。」眼鏡猴說道：「因為剛才的警察是低級的警員啦，有沒有注意到他的肩章，才一線二星，雖然說警察在這個遊戲中，已經算是不錯的對手了。但是像這樣低階的警員，都沒有特殊能力，傷害力也低。另外，我們剛進遊戲，沒有穿護甲也是另外一個致命傷。」

「嗯，剛剛聽你說，這裡真是奇怪，彷彿能力一切都數字化了？」少年H嘆了一口氣。「說真格的，我們練武的人啊，講究的是臨場判斷，講究的是日夜苦練，終有一天能融合生命的所學和知識，達到『悟』的境界，怎麼可以單用數字來估算實力？實在太……太……糊塗了啊，唉。」

「大師……這是因為現代人沒有辦法像您那個時代，這樣以練武為生平志業啊，我們從小就要考試，念外國語言，補習鋼琴，長大還要參加聯考，然後面試擠破頭進大公司。真要說什麼武俠世界，都只能在網路遊戲中找到滿足了。」

「是嗎?原來現在的小孩子，是這樣過生活的啊。」少年H仰望天空，長歎一口氣，「回想我那個年代，童年都是跟少林師兄弟一起，大夥雖然常因為調皮搗蛋，被老師父處罰，做些辛苦的雜役，蹲著苦哈哈的馬步。可是我們幾個師兄弟感情可好了……大家笑笑鬧鬧，什麼辛苦也都熬過了。」

「是啊。不過大師請您慢慢緬懷。」眼鏡猴說道：「我們得趕快找找附近有沒有商店，先幫小三補充體力才行，不然再來一個警察，我們小三就真的要去地獄報到了。」

第二十二話《遊戲設定》

話說，少年H等人帶著體力剩下十的小三，在台北街頭，尋找著眼鏡猴口中的商店。

突然，帶頭的眼鏡猴停下腳步，說道：「啊！商店到了。」

眾人抬起頭，驚訝的發現，原來，在這個所謂的地獄遊戲中，商店（Store），這個會販賣各種能幫助玩家們渡過難關的商店，竟然，就是可愛的二十四小時不打烊7－11。

眾人只覺得十分有趣，畢竟在台北，還有什麼比7－11更親切的呢？除了7－11的東西，正如它所標示的商標，正是「七元賣十一元」的黑店，但是它畢竟是最方便的。

眾人走進商店中，娜娜突然想到什麼，拉了拉眼鏡猴的衣袖，「喂，我們沒有遊戲中的錢啊，還是這裡連新台幣都可以？」

「呸呸……新台幣不行啦，別把外頭那套腐朽的金錢觀帶進來，這裡有另外一套幣值，放心吧。」眼鏡猴看著娜娜，露出不懷好意的眼神。

「錢，妳可以支付啊。」

臂。

「我？」娜娜下意識拉緊她的衣領，退了一步。「你……妳想幹嘛？」

「妳？妳在擔心什麼啊？」眼鏡猴拍了一下娜娜的頭，然後抓起她右手上的機器手臂。

「這裡頭有儲存妳打敗怪物的資料，這就是錢，這遊戲刻意讓金錢這部份不實體化，儲存在妳的資料中，一方面要避開玩家因為查到金錢數目展開仇殺，一方面我覺得設計者的目的，是希望我們別那麼重視金錢吧。」

「嗯。」娜娜點點頭，「真實的生活的確太多金錢迷思了。」

「當然金錢在遊戲中仍是不可避免的，不然怎麼買藥水？」眼鏡猴扶了扶眼鏡，笑著走進了7-11。

遊戲中的7-11，跟現實的7—11可以說是幾乎相同，至少排列商品的模式，還有店員清純可愛的模樣，都讓少年H等人有種熟悉的感覺。

最大的不同，就是原本放置純喫茶的櫃子，現在放的是一罐一罐紅色的藥水，標價同樣是十五元。

紅色藥水旁邊放的是藍色的藥水，一罐三十元。

在旁邊還有其他顏色的藥水，橙色、黃色、青色、白色……只是數量少的多，被放在原來放置威士忌等昂貴酒類的位置。另外它們的標價也高的嚇人，有的更高達一兩千元。

眼鏡猴挑了三罐紅藥水，拖著娜娜到櫃台付帳。

店員露出甜美的笑容，「歡迎光臨，總共四十五元。」

娜娜把右手伸到櫃台，只見收銀機的螢幕，瞬間出現四十五元，而她右手的機器，則出現了第四種顏色的數字，金黃色，從原本的八十，銳減成三十五元。

然後店員一鞠躬，微笑說道：「謝謝光臨。」

眼鏡猴卻在這時候伸出手，對店員說，「我還要買一張地圖。」

店員一聽，馬上又露出招牌的笑容，「是的，您要幾元的地圖呢？以您的金額，您只能購買最簡單的三十元空白地圖，但是，如果您要抵押戒指，則可以……」

「不，就三十元的地圖。」眼鏡猴扶了扶眼鏡，「地圖要空白的才好，地圖上的目標建築物，讓我們自己來標記就好了，這樣才有玩遊戲的感覺！」

「店員啊，我問你喔。」眼鏡猴拿到了地圖，卻不急著離去，又繼續說道，「這附近哪裡最危險？」

「危險？地獄台北市治安是全台灣最差的，我們的警察人數太少，哪裡都很危險。比起地獄台南，地獄高雄，地獄新竹，我們的壞人實在太多了。」

「嗯，如果說警察代表治安的好壞，那我應該這麼問才對，哪裡最安全？」眼鏡猴扶了扶眼鏡，問道。

「最安全的地方，當然是警察局。」店員答道。

「喔……」眼鏡猴嘆了一口氣，「果然廉價的商店，沒辦法問到有用的情報。我本來想要帶大家去最安全的地方，那裡最多怪物警察，也方便我們升級，但是我們再屌，也沒有勇氣直搗警察局啊！」

眾人走出7-11，阿胖忍不住問道，「眼鏡猴啊，我想問你，架子上擺的食物，那些巧克力可以吃嗎？」

「可以啊。」眼鏡猴一邊說著，一邊攤開了地圖。「不過沒營養就是了，那是純粹給玩家吃爽的。」

「咦？那我們在遊戲中會餓嗎？」少年H突然想到，開口詢問。

「不知道，網路玩家當然不會，如果是現實玩家，那就不一定了，我想應該不會，我們是靈，別忘了。」眼鏡猴好像突然想到什麼，「啊」的一聲。「遊戲中還有設定一些高級餐館，像是印度餐館、義大利美食餐廳，恐怕就是給我們體驗現實無法品嚐的美味，當然，這也是要花遊戲幣的。遊戲設計者這方面倒是挺體貼的。」

「欸？」阿胖聽完精神一振，「你說遊戲本身也提供這樣的娛樂嗎？平常我們吃不起，也可能吃不到的美食，只要有足夠的錢幣就可以吃到爽？」

「對啊。」眼鏡猴點頭，「我以前從網路進來時，總以為設置這麼多無意義的餐廳和遊樂設施要幹嘛？結果設計者是要給現實玩家的啊，我越來越不懂這個遊戲了。」

「嗯。不管怎麼說，最重要的是，我們得趕快找到遊戲的出口。」少年H說道。

「地獄的存亡，可不是一件好玩的事情。」

眼鏡猴點點頭，比著那張空白的台北地圖，說道：「嗯，這三十元的地圖雖然是一片空白，可是最大的好處，就會自動記載我們走過的路線，這個藍點所顯示的，正是我們的位置，我們現在位於台北市的北端。我們現在最迫切的，是要提升我們的等級，所以我們要找一個有怪物的地方……」

「怪物等於警察，所以……」阿胖接口道。「警察局？」

「哈哈。」眼鏡猴扶了扶眼鏡，「警察局是怪物巢穴，雖然有玩家試過攻佔警察局，大都沒有好下場，你們不會這麼大膽吧？」

「嗯，我們不一定要找警察局啊，警察不是都會有固定的巡邏路線嗎……」少年H說道：「我們可以突襲落單的警察。」

「突襲落單的警察？」眼鏡猴和阿胖對望了一眼，發出讚嘆，「天師您的想法真是好啊，沒想到……您真有當壞蛋的天分？」

「這，算是讚美嗎？」少年H微微苦笑，「巡邏線大都設在偏僻的路線，而且都設有巡邏箱，我們找找看看吧。」

眾人出發前，先用紅色的藥水，注入小三體內，眼鏡猴研究了半天，才決定把藥水倒入機器手臂中（因為沒人敢直接喝這個奇怪的紅色液體），果然，機器手臂吸收了紅液體，小三的體力值瞬間回復到五十。

然後眼鏡猴又沉思了一會，他伸出左手，摩擦了上面的戒指，戒指嘟的一聲，竟然憑空出現了一個抽屜。

「抽屜?」眾人驚嘆道，「難道是一開始，那個奇異房間的抽屜?」

「沒錯。」眼鏡猴點頭，「這個抽屜可以讓我們擺下許多東西，但是要靠戒指來辨明身分。」

說完，眼鏡猴把紅色的藥水放進抽屜，一推抽屜，抽屜就憑空消失了。

藥水的分級制度：

一、紅藥水（紅茶）：補充體力

二、藍藥水（礦泉水）：補充靈力

三、澄藥水（果汁）：補充體力

四、青藥水（蔬菜汁）：補充靈力

五、白藥水（牛奶）：兩者皆補

六、紫藥水（葡萄酒）：兩者瞬間補到全滿

各種藥水會因為使用的材料不同，而有不同的效果，例如紅藥水，如果用的是高級的英國茶葉，就會貴一點，但是卻能補充更多的體力，這裡標示出來的，是針對7-11這樣普通的商店為主。

其他仍有特殊作用的藥水。

例如棕藥水（咖啡）可以瞬間提升【士】的靈力，並讓【士】處於連續熬夜也不會累的狀態，可是長期使用會傷害【士】的永遠體力和靈力。

還有金黃藥水（XO酒），可以提升【商】的召喚能力，使【商】召喚到更強大的妖怪，長期使用會傷害【商】的肝臟，使體力值下降，而且等級未滿十八級不能飲用。

眾人沿著台北市的街道慢慢逛著，地獄遊戲中的台北市，沒有往常的喧囂。雖然依舊人來人往，但是就少年H等人看來，這些人大都是遊戲自身的設定，也就是「裝飾用」的人類。

很快的，他們找到了一個巡邏箱，然後四散埋伏起來。

少年H指揮道：「一般巡邏警察有兩名，等會我負責其中一個，娜娜和阿胖負責第二個。眼鏡猴你和小三負責把風和後援。有沒有問題？」

「沒有。」眾人答道。

「兩小時警察會來換一次班。按照我的估計，他們應該快來了。」

眾人分別躲好，這時眼鏡猴又不餘遺力繼續介紹遊戲中的怪物等級。

遊戲的怪物簡介：

地獄遊戲的怪物，就是現實生活中的執法者。

共分為八種。

一、警察：這種怪物最常見，最低階是一線一星，然後是一線二星，到了一線四星，上一級就是二線一星……以此類推。

等級越高的怪物，力量就越強，就越可能擁有特殊的能力，警察中，最厲害的是警察署長，四線四星。其次是警校校長，四線三星。

二、清道夫：這是玩家口中的「營養怪物」，他們戰鬥力不強，數目最少，只在清晨出現，多是老弱婦孺，初級的玩家常挑這樣的獵物下手。

三、憲兵：這是保護王級怪物的護衛隊，無論是體力和靈力都高的嚇人，而且這類怪物可以穿著便衣，化成普通人，對玩家行突擊，相當可怕。

所幸，這類怪物多為守護王族而生，所以除了王族（總統府）之外，很少出現這類的

怪物，

四、軍隊：軍隊怪物的數目是最多的，卻也是屬於特定區域才有的怪物，軍隊怪物素質良宥不齊，一般來說，以身著虎紋裝海軍陸戰隊最為難纏，但是若非你刻意闖入軍隊守護的區域，他們不會出現攻擊。

軍隊的階級分別是二等兵，一等兵，士官，少尉……最高等級是國防部長（三星）。

五、交通警察：這是所有怪物中，最卑鄙也最貪婪的一種，他們喜歡躲在角落攻擊落單的玩家，尤其是老小無辜的弱者，他們攻擊力都不強，但是有豺狼的邪惡習性，常讓玩家們頗為頭痛。

六、消防隊員：這種怪物的為數相當少，他們駕駛消防車，殲滅會施放法術的玩家，不過一般玩家不會去找消防隊員麻煩，畢竟城市失火了，還需要他們來滅火。

七、老師：老師這種怪物，幾乎是每個初級玩家的惡夢，他們也是具有最多特殊能力的怪物，而且他可以克制四大職業中的初級者，尤其是【士】，簡直就是老師的玩物，但是老師也是所謂的區域性怪物，在他們的領地（學校）中，老師幾乎所向無敵，但是走出了戶外，老師往往成為【商】的經驗值食糧。

另外，老師怪物的最高等級是「教授」，教授中還有一位王，叫做教育部長。

八、郵差：郵差是怪物中的少數，他們喜愛穿著綠色服裝，動作極快，玩家通常追不上他們，但是如果能偷襲到郵差，他的口袋中往往會掉出很多驚奇的道具。

第二十三話《打怪》

少年H眾人躲在巡邏箱附近的角落裡，過了不久，果然來了一台黑白相間，響著警笛的警車，往這頭駛來。

車子緩緩停下，一名警察吹著口哨，輕鬆的推門下車，然後從巡邏箱中拿出一本簿子，正準備簽名之時……

突然，天外飛來橫禍。

他只覺得眼前突然一片鮮紅，幾道纖細強韌的紅絲，捆住了他的雙眼和脖子，同時間，紅絲傳來一道強大的力量，把他整個人往後曳去。

會使用紅絲者，除了娜娜還會有誰，娜娜施展五色靈絲中，專司捆綁的紅絲，面對警察怪物，立時手到擒來。

「哈哈，我最近老是失手，憋了一肚子的鳥氣。」阿胖高舉著槌子，對著躺在地上的警察咧嘴一笑，「鍾子先是被人擋下，又被人砍斷，怪物老兄，就麻煩你重建我的信心了。」

碰！阿胖靈鍾在空中舞出古綠的靈光，對這位怪物狠狠一擊。

怪物大吼一聲，被靈鍾擊中，消失在遊戲中。

「搞定了。」娜娜驚喜的笑道：「這比黑榜妖怪容易應付的多。」

同時，娜娜轉頭注視少年H那頭，卻訝異的發現，少年H的情勢沒有想像中樂觀。

另外一位警察沒有下車，他發動警車，踩下油門，車子引擎發出恐怖的咆哮聲，對少年H發動了猛攻。

人對汽車？

怎麼看都不樂觀啊。

「糟糕！」眼鏡猴大叫，「警察怪物如果在警車上，攻擊力和防禦力都會大幅提升……普通玩家根本沒辦法應付啊！」

「那我們快去幫天師！」娜娜急道，雙手張開，黑絲和紅絲乍現，進入了攻擊狀態。

「不用，我能處理。」少年H面對警車依然冷靜，對娜娜等人搖了搖手。

只見，警車的引擎發出震撼耳膜的低鳴，然後怪物一踩油門，車子在地上猛然一彈，對著少年H狠狠撞來。

少年H身軀不動，雙眼凝視對他疾駛而來的車輛，小心的估算著距離。

「天師……快逃！」

「快逃啊！」娜娜等人閉上了雙眼，不忍再看下去。

碰，車子全力一撞，激起了漫天的灰塵。

「天師……」娜娜尖叫，身軀躍起，紅黑雙色線交錯盤旋，殺向警車。「我要替天師報仇！」

「娜娜，等等……」眼鏡猴順手拉住了娜娜。「別急，你看清楚再說……」

當灰塵緩緩散去，卻沒有少年H的屍體。

警察一呆，原本到手的玩家，到哪去了？

難道在……

「怪物先生，你的車頂挺舒服的啊。」少年H的聲音，從怪物的頭頂傳來。

「混蛋！」怪物用力旋轉方向盤，四輪驅動，車尾急甩，想把少年H拋下車。

「省省吧。」話一說完，少年H一聲怒吼，右手握拳，對著他腳底的車頂，狠狠摜入。

碰！

當少年H的手再度拔起時，已經被血染成了鮮紅色，而底下的怪物，則是腦漿四濺，倒在方向盤上。

「好厲害！」眼鏡猴讚嘆道，他細細審視這兩名怪物的身分，一個是兩線一星，另一個駕駛警車的怪物，是兩線兩星，這兩個警察都已經算是很辣手難纏的怪物了。

「哇！真不愧是天師，幸好台灣沒有這樣的歹徒，不然我們的警察就玩完了。」阿胖驚喜道。

娜娜和阿胖等人，因為等於跨等級，殺了兩線一星的怪物，所以兩人身體同時發光，一個紅光一個綠光，象徵著他們同時升級了。

而少年H身上的藍光，則是一口氣暴升了三次，換句話說，他因為殺了等級更高的怪物，加上一台警車，使他連跳三級。

「太好了！」阿胖興奮的說：「我們只要一直在這裡等警察上門，我們很快就可以升上二十級以上，對了，然後拿錢去吃大餐！」

「嗯……」聽到阿胖這樣說，少年H摸了摸下巴，沉思起來。

「天師你想到什麼了嗎？」娜娜問道。

「我在想，如果是現實世界，我們在巡邏線幹掉兩個警察，接下來會發生什麼事？」少年H沉吟道。

「接下來？」阿胖接口道，「當然是警局震怒，然後派出更多警察……」

「對吧。」少年H笑了起來，「所以，我們現在好像應該……逃吧？」

「對啊！」娜娜驚叫，「我們快快……快……」

這句「逃」，娜娜還沒說出口，就猛然打住了。

因為在他們眼前，已經出現了五六台警車，還有超過三十名的武裝警察，把他們整個包圍起來。

帶領警察的高級警官，是三線一星的小隊長，他拿出擴音器，對著少年H等人喊道：「你們被包圍了，沒有生路了，我們不可能接受投降，所以，趕快出來受死吧。」

阿胖忍不住苦笑：「奇怪，我記得台灣警察哪來這麼好的效率？」

娜娜倒是露出欣賞的表情。「我喜歡這位警察的台詞，如果每個警察都說『歹徒，我們不會接受你的投降，出來受死吧！』那該多帥啊？」

「這時候我們該做什麼才能逃出去呢？」少年H沉思著，他看著眼鏡猴，問道：「嗯……按照規則，我們是不是該去抓一名人質呢？」

「天師！！！」眾人同時驚呼，「您……您真是個當壞蛋的材料啊！」

「嗯？」少年H眉頭皺了一下，「我只是單純就現況建議而已……」

「天師說得很對，那我們現在該怎麼辦呢？」娜娜接口，「哪裡有人質？」

「各位朋友，其實不用人質。」突然，在少年H等人的面前，冒出了一個奇特的人。「就交給我們吧。」

看他的衣著，的確是網路玩家，手上戴著一顆晶瑩的黃色指環。

在少年H等人一片詫異的神色中，這名神祕的不速之客臉露微笑，瀟灑的往數十名警察走去。

「讓你們看看，真正遊戲玩家的玩法吧！」他離開前，丟下了這麼一句話。

第二十四話《遊戲專家》

「你是怎麼出現的？」娜娜驚問道：「怎麼出現在我們身後的？」

「看來我們的情報沒有錯，你們真的是新來的玩家。」那神祕客微笑，「空間傳輸，是商人在遊戲中的道具之一。」

「啊……原來如此。」眼鏡猴點頭。

「另外，你們好像一點都沒搞清楚，這個遊戲真正的戰鬥方式。」那人說道：「竟然這麼愚蠢，引來這麼多的警察？算了，就幫你們一把吧。」

「這遊戲的戰鬥方式？」少年H他們互望了一眼。

只見那位網路玩家高呼一聲，在數十名警察怪物的周圍，登時圍上了人數和警察相當的數十名網路玩家。

「看清楚了，首先是農人的能力。」那人說道。

只看見那個隊伍中，有八個帶著綠色指環的農人躍眾而出，在這個寬闊的台北街頭，繞著警察們急速奔跑起來。

當這些農人腳步一停，剛好把警察們圍在中間。

「農人，發動能力。」那八個人同時高喊。「農人專門法術，緩慢的西瓜沙田！」

八名農人的腳下，像是輻射擴散一樣，一片長著蜿蜒西瓜的沙地，急速蔓延開來。

西瓜田把一群警察困在中間，受到沙地和西瓜藤絆住了腳步，警察們的速度，竟然變得遲緩起來。

「看清楚。」神祕人笑著對少年H說道：「再來是士的力量。」

那群網路玩家們，又跳出幾個戴著深藍指環的士人，他們相視一笑，高喊一聲。

「出來吧！我的筆記書！」

每個士的前方，同時蹦出一本藍皮的書本，懸浮在他們的面前。

然後，一位士玩家用手指翻著書頁，朗聲念道：「解不開的微積分！」

被困在農人沙田裡的警察們，一聽到這個句子，同時露出痛苦的表情，亂抓自己的頭髮，好像就要發狂了。

另外的玩家士翻到了另外一頁，高喊道：「不可思議的經濟學理論！」

只見整個沙田陷入一片深藍濃霧中，當濃霧過去。少年H他們發現，幾個等級較低的警員怪物已經倒在第地上，冒起輕煙消失了。

「再來是工人！」那神祕人笑著說。

隊伍中又跳出了幾個戴著紅色指環的玩家，他們並不像農夫和士人般，躲在遙遠的地方發動法術。

工人們直接衝入隊伍中，手中的電能四處發散，還有各種奇特的工具武器飛舞，把僅存的怪物警察殺得落花流水。

「真的好厲害……」少年H五人看得目瞪口呆。

「還沒完，最後是我們商人出手。」那個商人笑道。

隊伍中最後一批戴著黃金戒指的人走上前，伸手入懷，撒出滿天的金幣，同時高聲喊道：「愛錢的乞丐軍團，瘋狂的血拼女王，應承我的召喚吧！」

只見地上浮起幾十個怪物，有的是穿著破爛的乞丐，有的是滿頭亂髮的新潮女郎，他們搶著地上的錢幣，同時對僅存的警察怪物，展開一場肅清性的格殺。

短短的幾分鐘，剛才聲勢囂張的數十名警察，已經被消滅殆盡，留下一地的道具武器和金幣。

「這樣懂了嗎？」神祕人笑著說，「五位新手玩家？」

「嗯，原來這就是真正的遊戲戰鬥方式，四種職業互相配合的團體戰？」少年H說道。

「每種職業都有適合的戰法。」商人笑道，「我們只是找出適合我們的作戰方式罷了。」

「那，我不懂，為什麼你們要救我們？」阿胖問道。

「為什麼啊？」商人說道：「因為剛才我們用商人的道具『針孔之眼』看到，你們竟然以初學者的身分，擊倒了兩個高級的警員怪物，還有一台警車，所以對你們相當欣賞……」

「欣賞？然後……」

「我明人不說暗話，願不願意加入我們，成為我們團隊的一份子？」神祕人說。

「啊？入團？」阿胖問道。

「是，加入我們的團體，讓我們成為地獄遊戲的新王者吧！」

第二十五話《入團？》

此刻，少年H五人以及剛才那位商人，一同坐在台北的星巴克咖啡中，一人面前一杯熱騰騰的咖啡，談論著關於入團的事情。

「等一下我們的團長就會過來，在這之前我先跟你們說明一下好嗎？」那人說道。

阿胖等人一起看向少年H，等他示下，而少年H微微一笑，「請說。」

那人露出奇怪的眼神，看著少年H，他心想這群人的領袖，竟然是一位年紀只有十五六歲左右的少年？

「各位好，我的名字是愛普。」神祕人首先做了自我介紹，「所謂的團體作戰，已經成為最近地獄遊戲的主流，最主要的原因很簡單，因為這是一個團體作戰才能生存的遊戲。還記得你們剛才面對的警察部隊嗎？如果不是我們將近四十人來支援你們，你們恐怕已經成為五具屍體了……」

「團體行動？」少年H沉吟了一會，「會有什麼好處嗎？」

「組團的好處，對於你們這些新手而言，是最有用的，首先，團體作戰的經驗值按照等級均分，換句話說，只要你加入我們的聯盟，面對再強大的怪物，你們也可以分到一部份的經驗值，這對你們升級是相當有幫助的。」

「經驗值？」阿胖等人互看了一眼，這的確是相當誘人的條件。

「其次是金錢，新手往往會因為錢幣不夠，無法買復原的藥水，需要經歷很長的一段時間，嚐盡苦頭，才在遊戲中站穩腳跟。但是只要你入團，我們還可以提供你藥水，讓你一開始打怪物，就非常順利。」

「嗯……」

「第三點，就是情報，新手不知道這座地獄台北城哪裡最危險，八大怪物中巡邏的警察、閃電的郵差、卑鄙的交警等等……他們的特性是什麼？在哪出沒？以及如何對付？我們可以無條件提供你們情報。」

「條件的確很優渥。」少年H點頭。「但是，我不禁要問一個問題，那我們的加入，對你們有什麼好處？」

商人沉吟了一會，說道：「會問這樣的問題，表示你們果然是聰明人。這樣說吧，地獄遊戲目前有四大主城，分別是台北、新竹、台南、高雄，還有不在主島的夢幻實現地——澎湖島。據說要湊齊四座主城，才能進入澎湖島，那裡才有離開地獄遊戲和實現願望的辦法。」

「湊齊四座主城？」少年H說。

「對。古老的預言是這樣說的，當四座主城飄揚著同樣的旗幟，就是夢幻之島開啟的日子。可是，這四島中連守護最薄弱的台北城，玩家們都打不下來。更別提其他三座了。」

「所以……」

「所以數個月前，玩家們開始捨棄以前孤軍作戰的模式，結黨成群，變成大大小小的軍團，目的就是要打下台北城……」

「原來是這樣。」

「這樣就懂了吧。我們需要你們的力量，我們要讓台北王城飄揚著我們聯盟的旗幟。況且剛才我見你們身手矯健，跟最近才出現的奇異種族十分的接近，所以非常希望你們能夠入團。」

「等等，你剛說什麼……奇異種族？」少年H追問。

「是啊！奇異種族，這群奇異種族在最近幾個月才出現在遊戲裡，就展現了超乎想像的力量，馬上就橫掃了整個遊戲，而且，他們不僅會攻擊怪物，還會攻擊玩家，讓玩家們十分害怕。奇異種族原先是孤軍奮戰，不足為懼，後來不知怎麼了，也學起我們，開始集結為團體，根據情報指出……連固若金湯的台南城都被他們打下來了。」

商人嘆了一口氣說道。

「他們已經打下一座城池了？」少年H想到，這些與自己相同的奇異軍團，肯定是另一批從現實進入的玩家，既然可以結黨，表示數量不少，難道是……

「他們叫什麼名字？」

愛普說：「打下台南城那團，據說是什麼……織田信長幫，他們有上百名奇異的高手，更麻煩的是這些高手，也開始學習了遊戲的能力，懂得利用四大職業的特性，現在越來越難纏了。」

「織田信長幫！」少年H和阿胖等人互看了一眼，都在對方臉上看到無比的驚懼。「那他的團體肯定都是黑榜群妖了。」

「你們屬意如何呢？加入我們團隊，絕對有好處的。」愛普誠懇的說。

「嗯，這個……」少年H正要和眾人商量時，咖啡館的門被推開，一個玩家慢慢走來。

少年H等人一見到這人，不由的咦的一聲，因為他的手指上，竟然不是戴著四色指環，而是一種他們從未見過的純白指環。

「這是我們的團長。」愛普連忙起身，跟少年H等人介紹。「你好，團長。」

團長伸出手示意所有人坐下，同時轉頭問愛普，「愛普，你跟他們介紹過我們團了嗎？」

「是的，團長。」那位名為愛普的商人說道：「但因為他們仍然還未答應，所以我還在說服他們。」

「嗯，新手玩家們，你們還在猶豫什麼？我們有超過一百位的團員，戰績仍在『黎明的石碑』中團體排行第六，而且我們有信心，很快就能追上第五名了。」團長慫恿道。

「黎明的石碑？」

「原來你們連這個都不知道？這是統計遊戲等級的排行榜，分為團體成績和個人成績，目前本團只差第五名……」

「那剛才你們說的『織田信長團』排行第幾呢？」

「織田信長團？那個惡棍混蛋下三爛……」一聽到這個名字，團長情緒馬上失控，罵了一串髒話。「愛普！你怎麼跟他們談到這個混蛋王八蛋團的？」

「這……」愛普好像對自己的團長情緒失控，感到十分抱歉，他偷偷伸出手指，對著少年H他們比二，織田信長團目前在黎明的石碑上，暫居第二。

「什麼？還不是第一，只是第二而已……」少年H的心裡突然湧出一個不好的預感，說道：「難道第一是成吉思汗團？還是曹操團？」

「咦？你怎麼知道，據說曹操團已經打下了高雄城，曹操團也是由奇異的玩家所組成，強悍到讓人顫抖的軍團啊。」

少年H冷汗直冒，原來蒼蠅王的情報有漏洞，不只織田信長的手下湧入台灣，連黑榜上排行還在織田之上的曹操都來了。

而且看樣子，如果黎明的石碑準確，那曹操軍團的實力恐怕還在織田之上。

這一次，少年H又開始頭痛了。

第二十六話《遊俠》

「很抱歉，我們必須拒絕你們的邀請。」少年H略帶歉意的說。

「啊？」團長和愛普兩人，對少年H等人的答覆，感到相當的吃驚。

「是的。」少年H微微一笑，「你說的條件相當誘人，可是我們暫時沒有入團的打算。」

「可是，你知道以你們這樣初學者，在這個遊戲中是多麼危險？多麼辛苦嗎？」

「我們知道，但還是不加入。」少年H非常禮貌的一鞠躬，然後領著阿胖等人，離開了這間咖啡館。

愛普追上去說道：「等等，如果你們改變心意，我們『夜鷹團』的根據地在『淡水』站，坐捷運淡水線，二十分鐘即可到達。」

「謝謝。」少年H微笑，推開門，一陣帶著冰涼溼氣的北風迎面吹來，讓他們禁不住打了一個寒顫。

「台北的冬天這麼冷啊？」少年H似乎不太習慣，笑著說。

「是啊。」阿胖沉默了一會，又說到，「天師，我可以明白我們因為目標不同，所以不加入他們的理由，但是我可以覺得暫時加入他們，等到我們練到一定的程度……」

「我知道，阿胖。」少年H微笑，「但是在他們剛才說的話中我得到一個重要的訊息，就是無論是織田信長還是曹操，他們手上都握有相當大的兵力，而且，他們才剛攻陷台南和高雄兩城，表示他們都還沒有進入夢幻澎湖島，也表示他們還沒到地獄裡面。」

「嗯……他們應該還沒到地獄。」眾人點頭。

「如果他們這麼輕易就可以進入地獄。為什麼要大費周章的打城池？難道一個遊戲中的城池，會比地獄的統治權來的重要嗎？」少年H依然微笑。「那絕對是不可能的。唯一的解釋，就是他們也在找尋遊戲的出口，而且那個出口很可能就在……」

「『當四座城池飄揚著相同的旗幟，就是夢幻之島開啟之時』，天師，您的意思是，出口在夢幻之島？」娜娜臉上盡是驚喜。

「嗯。」少年H微笑點頭。

「天師，那您下一步打算怎麼做呢？我們的兵力跟織田他們幾乎不能比啊。」阿胖問。

「嗯，眼鏡猴，你知道白色指環的意義嗎？」少年H並沒有正面答覆阿胖的問題，反而轉頭問眼鏡猴。

「白色指環？啊，你說那位團長手上的指環嗎？」眼鏡猴回答：「白色是王者的鑽石指環，只有玩家超過五十級，成立了一個聯盟，被遊戲認可，才能升級為白色指環。」

「很好。」少年H微微一笑，「阿胖我現在告訴你，我的目標，就是要搞一個白色指環來玩玩。」

「啊！！！」眾人同聲驚呼。

「如果要對付織田的大軍，甚至要攻下台北城，我們都要有自己的軍團才對，不是嗎？」少年H微笑，這次的笑容迎著台北市沁寒的夜風，竟顯出不下於王者的霸氣。

「天師……您要自己當王？」

「我之前一直擔心黑榜妖怪數目太多，我們只有五人要怎麼對付。如今，既然我們身在遊戲，就按照遊戲的規則吧。」少年H笑道。「我們用玩家群來對付這些黑榜妖怪！」

眾人聽到少年H這樣說，面面相覷，久久說不出話來，終於胖子開口了，「天師。有句話我真的要跟你說。」

「請說……」

「您不當壞蛋真是太可惜了。」阿胖一說，其他人同時猛力點起頭來。「您如果當壞蛋，黑榜十六頭目一定不用混了！」

「哈。」少年H乾笑了一聲，兩眼閃過一絲無法言喻的複雜感情，「壞蛋嗎……好久以前，也有人這樣說過我……」

眾人，此刻站在台北士林捷運站裡頭，注視著捷運的看板。

「這就是所謂的『黎明的石碑』，雖然說得很好聽，其實就是捷運看板，遊戲的大事和玩家的排行榜，都可以在這些看板上找到，算是又普及又快速的傳遞方式了。」眼鏡猴說。

「嗯，沒想到好好的一個台北市，可以被設計者搞成這樣？」阿胖攤了攤手。

「呵呵。」眼鏡猴扶了扶眼鏡，笑道。

「是啊，遊戲中的台北城，最主要的架構就是台北捷運。捷運中央的台北車站是公共用地，不屬於任何團體。另外總統府就是所謂的怪物之塔，打下總統府，就等於是攻下台北城，但是總統府外圍有八大妖系中的『憲兵』把守，又有八大妖系隨時待命，幾次大規模的攻城行動，玩家們都鎩羽而歸，甚至全軍覆沒。」

「沿著台北車站，共有四條捷運線向外延伸，往北是淡水線，也就是我們現在站的士林，是屬於夜鷹團的勢力。東邊是板南線，這裡是石碑中排行第五的菲尼斯軍團勢力。左邊往西方是新埔，這裡有石碑中排行第四的天使團在掌握。下面是新店線，這裡是薔薇團的地盤。」

5・菲尼斯（板南線）

6・夜鷹團（淡水線）——台北車站——7・薔薇團（新店線）

4・天使（新埔線）

「目前四大勢力都虎視眈眈，可是誰都奈何不了誰，也沒有人可以動的了王城總統府，不像台南和高雄，曹操軍團和織田軍團以勢如破竹的力量，橫掃了附近的玩家，然後一口氣攻下王城。」

「那新竹呢？」

「新竹的目前最大的勢力是實驗室兵團，這群兵團暫居石碑第三，據說是由一群整天打電動的實驗室學生組成，他們以壓倒性的實力有效的統合了新竹其他的力量。實驗室軍團相當厲害，和王城對峙了三個月，雙方勢均力敵，但是，這均勢卻在最近即將被打破。」

「為什麼？」

「因為南邊的曹操團和織田團一定會北上，他們掌握了南方的資源，兵力大盛，遲早會上來北部，這也就是為什麼夜鷹團會這麼慌張的原因吧，實驗室軍團一方面要對付新竹王城，一方面要應付南邊來的織田和曹操，全面崩潰是遲早的事情。」

「難怪夜鷹團要這麼積極的找我們入團。」

「是的，如果織田和曹操會師，我看別說實驗室軍團會潰敗，連新竹王城都會失守，接下來就是孤單的台北城，台北城的各方勢力太分散，真的面對南方來的勢力，一定更加不堪一擊。到時候南方合併了北方，整個地獄遊戲飄揚著黑榜的旗幟。夢幻之島就會開啟了。」

「夢幻之島開啟……」

台北（王城 and 四大勢力）

｜

新竹（王城 and 3・實驗室軍團）

｜

台南（2・織田）

｜

高雄（1・曹操）

第二十七話《同盟》

「我們現在是不能同盟的，因為同盟的第一個條件，就是要有一位五十級以上的『王』來帶領，目前我們五個等級都太低了。」眼鏡猴說道。

此刻，他們五人搭上了捷運，捷運列車發出低沉的聲音，快速而平穩的將他們載往捷運的中心點——台北車站。

「所以，當務之急，我們就是要開始提升等級嗎？」阿胖問。

「是的，快速升級的辦法不是沒有，但是都相當的兇險，最主要是遊戲本身都設有一些『任務』，這些任務通常是完成某個人交代的事情，或是解救某些受困的人，然後藉由任務過程中的戰鬥，來提升自身的等級。任務完成後，遊戲本身也會贈送一些特殊的道具，給玩家作為賞賜。」

「嗯……原來是這樣，我對整套地獄遊戲，已經大致了解了。」少年H點頭。

「那我們下一步就要開始練等級了。」眼鏡猴說道：「天師我有個建議，不如我們五個分開吧。」

「嗯？」

「雖然說聚在一起，四大職業才能發揮真正的戰鬥力，可是目前我們都處於零的初級狀態，不如利用自己原本的力量，先快速升到一個等級，到時候我們再來合作。」眼鏡猴說。

「我同意你的看法。」少年H點頭，「既然台北城有四大勢力，不如我們兵分四路，去各個勢力的地盤戰鬥，順便蒐集情報。那我們約好一週之後，在台北車站會合吧。」

「嗯，那我們各選一個方向吧。」眼鏡猴說道：「傳說中擁有右方板南線勢力的菲尼斯軍團，是用暴力和血腥來統治領土的殘暴軍團，我想去那頭看看。」

「左方天使軍團感覺很和平，那我去那吧。」娜娜笑著說。

「上方的夜鷹讓我來吧，夜鷹軍團講究騎士精神。」阿胖說道：「正好投我所好。」

「寧靜的薔薇軍團。」少年H看著小三，說：「就交給你了。」

小三用力的點了點頭。

「那天師，您要去哪？」娜娜問道。

「我不想拖太久，所以我大概會選擇暴力一點的方式吧。」少年H微笑。

「暴力一點？」

「嗯。」少年H微笑，動了動手腕，一股浩然霸氣從他周圍散發出來，「我要直接去拜訪警察局。」

「在分開之前，我想看看各位的能力，可以嗎？」少年H說。

「啊？」眾人互看了一眼，「原來天師沒有完整看過我們的能力。」

「因為能力對靈能力者來說，是非常機密的資料，在戰鬥時，隱藏的靈能力往往是致勝的關鍵。所以我也不好意思問你們，只是如今我們算在同一艘船上了。」少年H說：「可以讓我看看嗎？」

「當然OK！我先來。」阿胖右手伸出，手掌上先是出現一個透明的物體，物體越來越清晰，正是他慣用的靈錘。

少年H還是第一次仔細看這把靈錘，靈錘周圍泛著古老的綠色光芒，錘頭是古銅所鑄，上頭刻著各種古老的咒文，錘頭的部份相當的巨大，比一個人的頭顱還大。而把柄的部份，卻是深紅的木頭雕成。整體而言，這把錘子給人一種相當古樸有力的印象。

「這把叫做靈錘，我原本是守護中國古老神祉的門神，有一次因為貪睡貪吃而搞砸了任務，所以成為獵鬼小組來贖罪，我的攻擊模式很簡單，就是用靈錘將惡靈敲扁啦。」

「所以你是靈現系的靈能力者？」少年H想到了阿努比斯，列車上動輒拿出獵槍亂掃的車掌，他也是把靈力化成槍和子彈，來攻擊敵人，像他們這類的靈能力者，被地獄歸類成「靈現系」，能將靈力變成某種具象的東西。

「是的。」阿胖哈哈一笑，「我的靈力能夠化成銅鎚。」

「接下來是我。」娜娜笑著說：「天師對我的能力應該已經很熟悉了，我有五色靈絲，黑絲突襲、紅絲捆綁、綠絲張網、白絲追蹤……至於紫絲，恕我不能說明。另外，我是修煉五百年的蜘蛛精，跟西遊記中那隻蜘蛛精算是遠親。」

「嗯。昆蟲靈能力者。」少年H點頭。「算是靈獸系的高手。」

「然後是我。我沒有什麼顯赫的來歷。我生前愛玩些電器，死後繼續鑽研，就被地獄網羅，成為獵鬼小組的一份子了。」眼鏡猴笑著說：「我擁有非常多的靈電子專利，希望以後能派上用場。」

「一定可以的。」少年H笑道：「你是靈學者。」

「換……我……」小三慢慢走到少年H面前。

「天師，小三的能力很嚇人喔，你可要有心理準備。」娜娜在一旁提醒。

「嗯。」少年H露出好奇的神情，他跟這群台灣獵鬼小組相處這段時間，從來沒看過小三展露靈力，不知道他們口中的「嚇人」是怎麼一回事。

小三頭低低的，右手舉起，比出一個劍指的姿態，同時左手在胸前做出朝拜的動作。

然後，少年H突然感覺到周圍的靈波一陣激烈震盪，他心一驚，這是什麼感覺？有個強大的東西降臨了！

只見，小三眼睛睜的有如銅鈴，又圓又大，一聲巨響從他口中爆出！

「拜請！！」

這一聲大喝，震的眾人的耳膜嗡嗡作響。

隨即少年H訝異的發現，小三氣勢陡然一變，而且在他周圍，散發出一股無以名狀的強大靈波。

而且小三靈波非常不穩定，忽強忽弱，彷彿一頭即將撲來的猛獸。少年H右手一動，差點伸手入懷，掏出符咒來降妖伏魔。

「吾乃天界之神三太子今日下凡塵來除妖！」小三口中一口氣吐出一連串的字句。「張小子你找我有何事？」

「張小子？」少年H古怪一笑，「三太子親自駕臨，失敬失敬。」

原來小三是能夠請靈附身的乩童啊。難怪靈力突然暴增，只是這樣請神上身並不穩定，就算力量強大，有時強時弱的缺點，而且持久度也是個問題。看來適合作短時間的猛攻用。

少年H瞬間分析出小三靈力的優點和缺點。

阿胖偷偷瞧了一眼，此時掛在小三手上的機器手套。「赫！數字在三百～兩千中間不斷震盪，三太子上身之後果然會變強啊。」

「既然沒事本座走了沒事不要隨便呼叫本座！」三太子附身的小三，說話有如機關槍，完全沒有停頓，跟原本講話緩慢的小三剛好形成強烈的對比。

這話一說完，三太子的靈能離體而去，小三則癱軟在地上。

「小三是地獄罕見的附身靈力者，這應該歸類到特殊靈力，沒有辦法統計。」少年H點頭。「好，最後那讓你們看看我的能力吧。」

少年H說道：「我的能力大抵分為兩項，一是道術，二是武術，道術方面我靠的是符咒，除了符紙，還有專門收妖的八卦鏡，另外我還能結出範圍不大的結界。武術則是以太極拳和太極劍為主。」

「嗯。果然是天師啊！」眾人七嘴八舌的說道：「真是多功能的戰鬥模式。」

第二十八話《威震遊戲》

趴搭！

一個十五、六歲的男孩，背著一個黑色的Nike背包，走進了士林警局的大門。

他雙手插在口袋中，神態悠閒，穿過了設置在警局外頭的櫃台。

正在辦公的員警，肩上是二線二星，他感覺到前方有人走過，抬起頭，當他看這個少年，臉上露出了不可思議的神情。

男孩神態自若，吹著口哨，穿過了警局的辦公室，辦公室的每個警察，都露出詫異的神情，目不轉睛的看著這位年輕的闖入者。

少年H臉色如常，他繼續往內走，接著是警察們的柔道室，柔道室中，數十名動作剽悍的警員，正拉扯對方的柔道服，做出一連串高等武術的動作。

可是他們的動作也停住了，因為一位男孩，非常悠閒的從他們面前走過。

警員們瞪著大眼睛，注視著這個不速之客。

男孩繼續往內走去，警局的最深處是高等警官的辦公室，男孩抬起頭，一個一個看著門上的牌子。

「局長室……就是這啦！」男孩笑了，推開門，走進局長室，裡頭有三個警官正圍坐在長沙發椅上，一邊泡茶，一邊聊天。

而擺著局長牌子的辦公桌前，一名表情嚴肅，約莫四十歲的士林警察局長，坐在可旋轉的太師椅上，和那三名警官談論著公事。

這四名警官，都是三線三星以上的超強怪物。

少年一屁股坐上沙發，毫不客氣的拿起一個茶杯，替自己斟了一杯熱茶。

三名警官呆呆著看著他，好像見到了一個瘋子，一個不可思議的超級瘋子。

「好茶。」少年啜了一口，「這種天氣喝熱茶最舒服了。」

「少年玩家，你知道這是哪裡嗎？」肩上掛著三線四星，坐在辦公桌前的局長，瞪著眼睛，嚴肅的表情中有罕見的詫異。「你，竟敢一個人走進這裡？」

「我當然知道。」少年笑了。「記住了，少年H這個名字，以後會威震整個遊戲。」

碰碰碰碰……當外面的警員們意識到，局長室裡正展開激戰，所有警員從呆滯中清醒，拎著武器，荷槍實彈衝入局長室之時。

他們獃住了。

眼前這幅畫面，遠比數百名玩家組隊，刀光劍影，殺聲震天的攻入警局更令人震撼！

原本四名高階警官相坐喝茶的局長室，裡頭只剩下一個人，他正坐在辦公桌的那張太師椅上。太師椅面朝窗戶，背對著這些前來救援的警員。

「局長！局長！您沒事吧！」警員們心急如焚，對著那張背對的太師椅，急問道。

「我沒事。」那張太師椅緩緩的轉了過來。那人手裡端著熱茶，隨著轉動的太師椅，緩緩的露出了他的真面目，赫然是那個孤身走入警局的玩家，少年H。

「但你們的局長，我就不敢保證了。」

吼～～～～～機槍，手槍，烏茲衝鋒槍，任何警局可以使用的強大兵械，同時冒出了火花。

撲天蓋地的子彈之海，對著少年H呼嘯而去，頓時把太師椅轟成了一團爛泥。

可是，地上也只有太師椅的爛泥而已。

椅子上的人，早已消失無蹤。

眾人驚訝之餘，忽然看見了天花板上的那個少年H，他雙腳頂在天花板上，對警察們微微一笑，右手一揮，手中數十張符咒電光飛出。

轟！轟！轟！轟！

畫有火焰圖騰的符咒，一接觸到警員，立刻炸開，前頭的警員被炸的支離破碎，往後跌去，撞上了後頭的警員，原本緊密的警察隊伍，登時亂了起來。

少年H趁機用力往天花板一蹬，衝入警員隊伍中，毫不留情，見人就打。

只見怪物警員們哀號不斷，不斷的往外摔去，少年H有如狼入羊群，將怪物警員們打得節節敗退。

混亂中，越來越多警員倒下，在一陣又一陣的白煙中消失，徒留下各種遊戲設定的道具。

而少年H處在這個暴力和血腥的大戰中，依然面不改色，他雙手不斷飛舞，或打或抓，或摔或扔，竟沒有一個怪物，能在他手下撐過一回合。

從踏上台灣開始到現在，少年H才真正發揮了他真正的實力，一個地獄頂級高手的實力。

而他手上的機械手套，則是不斷發出逼逼的聲音，甚至冒出了輕煙，少年H的經驗值和等級有如瘋狂賽車，不斷飆高，眼看機器手套就要承受不住這麼瘋狂的分數飆升，即將爆炸。

碰！

就在機器要承受不住的瞬間，少年H停了。

最後一個警員怪物，被少年H用手刀斬落頸部，哼都沒哼一聲，雙腿跪地，消失在遊戲中。

警局光潔亮麗的地板，沒有半滴血跡，只留下滿坑滿谷的遊戲道具。

這都是擊倒怪物之後，遊戲贈送給玩家的寶物。

少年H喘了口氣，看了看右手上，已經發紅發燙的機器手套。

「等級從零一口氣升上了二十五？」少年H微笑，呼了一口氣。「果然，直接掀了怪物的巢穴，是最快的方法啊。」

第二十九話《夜王》

少年H正在台北車站附近的小吃店，一個人吃著飯，雖然他口中嚼著米飯，但是他心神卻集中在他耳中傳來的說話聲。

他的耳中，此刻戴著一個銀色的耳機，這是他連續三天，肅清十間警局得到的諸多戰利品之一。

這種耳機，名字叫做「三姑的賊耳朵」，可以偵測到方圓一百公尺內，所有玩家說話的聲音。

少年H發現了這個有趣的道具後，一旦有空，就會流連於玩家們喜愛聚集的地點，竊聽他們的情報。

只不過少年H還發現，目前玩家們談論最多的話題，竟然就是少年H自己。

「一個年輕的玩家，赤手空拳，三天內挑掉台北市的十間警局，成為了地獄遊戲史上的經典傳奇！」

連少年H走進捷運站蒐集資料時，「黎明的石碑」上有一塊看板是「玩家的留言板」，上頭位居前十名的話題，第一名就是「恐怖！神祕少年是警局終結者？」

甚至把「謠傳織田軍團部隊集結完畢，新竹告急！」的話題給比了下去。

少年H還仔細聆聽，他發現其他台灣獵鬼小組的行動，也在玩家間傳了開來。例如「西方天使軍團出現神祕女子，用特殊的靈線獵殺怪物！」還有「北方夜鷹團出現使錘高手！」之類的……

少年H相當欣慰，兵分五路雖然冒險，但是也只有如此，他們四人才能真正發揮自己的特長，創造出真正適合自己的戰鬥方式。

另外，少年H自己明白，他之所以留在無人管制的中央區塊，真正的目的絕對不只是警局而已。

他估算過，集中在台北市的玩家人數，大概維持在六千人左右。而與台北市四大勢力結盟的玩家，加起來不過才兩三千人。

換句話說，沒有加入聯盟，在灰色地帶徘徊的玩家，至少還有三四千人是沒有聯盟，自由自在的游浪民族。

少年H留在這裡的目的，就是要集中這裡頭的戰力，他要創立第五勢力，不偏頗任何一方，卻能凌駕於四大勢力的軍團。

然後再藉由分散在四個集團的獵鬼小組人員，一口氣將分散的台北各大勢力，統合起來。

按照阿胖他們的想法，少年H能想出這麼龐大而驚人的計畫，簡直就有當壞蛋老大的天分！

「壞蛋嗎？」想到這裡，少年H微微苦笑著。

好久以前，也有這麼一個人，總是喜歡這樣說他。「你真是個討厭的壞蛋！滿腦鬼點子！壞蛋！」

少年H深深吸一口氣，不知怎麼了，自從他踏入地獄遊戲，聽到奇異房間中的那句話「我們會完成你的願望」之後。

四百年前的往事，驀然地兜上了心頭，就像悄悄降臨的黃昏，逐漸佔據了他的心房。

少年H嘆了一口氣，卻在此時，耳中的「三姑的賊耳朵」又傳來新的聲音。

（聽說那個警局終結者少年，今天又打掉三間警局了！）

（現在有好多蟑螂玩家，都刻意在警局外頭等，等神祕少年把警察怪物都清空以後，再進去裡頭撿少年不要的寶物！）

（雖然說遊戲設定，警察局一天就會復原，但是現在整個台北市的警察都往這邊集中了，兵力比以前多了三倍。）

（遊俠之王什麼時候要有行動啊？神祕少年可是在遊民的地盤發威啊。）

聽到「遊俠之王」這四個字，少年H再度打起精神，仔細聆聽。

根據他這三天來不斷的探訪，他赫然發現，比他還早一個月，就有個神祕的人物，來到了這塊自由與放蕩的中央地帶，他連敗數十名高級玩家，並將他們一一收服在臣下。

後來他的組織更是逐漸壯大，於是他成立了一個非聯盟的地下軍團「遊俠團」，遊俠團裡頭的成員，都是一些武功高強，但是討厭被聯盟條例束縛的高手。

而這位神祕的遊俠之王，人稱「夜王」，更是遊俠中一等一的高手。

他的驚人傳說也不少，他曾經闖入學校，挑戰遊戲中八大妖系——老師妖怪，他只憑一人，就殲滅了整個學校超過五十名老師和校長，也是遊戲史上的經典傳奇之一。

後來夜王更率領遊俠團，多次突擊警局、軍隊，搶奪不少的遊戲道具。

他最令人津津樂道的戰果，莫過於組織了「獵殺交通警察小組」，在台北市各大路口襲擊交通警察，一口氣清掃了半個中央地帶的交通警察，還給台北一個健康快樂的交通環境。

這位夜王，是遊俠心目中的神，卻也是少年H要統一整個中央地帶最大的障礙。

耳中，不斷傳來玩家們的話語，大多是沒有意義的聊天。

但是，只要提到遊俠團和夜王的，少年H都不放過。

（夜王：……目前還沒有動作，我猜他們應該會邀請少年加入遊俠團吧。）

了！）

（不可能，夜王和神祕少年一山不容二虎，兩個一定會爭的你死我活的……等著看好

少年H也曾私底下調查這名夜王的資料。

他發現，無論他花多少金錢買情報，都沒有辦法查出神奇王者「夜王」的來歷。

包括夜王的來源？夜王絕招是什麼？夜王是什麼時候進入這個遊戲的？又怎麼進入遊戲的？

沒有人知道。

這位神奇的遊俠之王，彷彿憑空出現，一出現就夾著驚人的神威，橫掃了整塊中央區域。

少年H震驚的是，這位神祕的夜王，他謎一般的背景，還有駭人的能力，讓少年H有一股怪異的熟悉感。簡直……簡直就像是少年H自己一樣。

難道還有不是屬於黑榜，也不屬於地獄總部的現實玩家，已經進入了遊戲裡頭嗎？

這位夜王，到底是誰？

第三十話《七日之會》

晚上七點，一個披著斗篷，身形神祕的人出現在台北車站，他巧妙的穿過聚集在一起的玩家們，也靈活的躲過車站內巡邏的員警。

他進入了台北火車站的地下街，往一家熱食店前進。

他有些擔心，七日了，整整七日了，那些分離的夥伴是否安好？

雖然他不時在「黎明的石碑」的留言板上，看到許多讓人振奮的消息，夥伴們正在努力奮鬥，在自己的領域上嶄露頭角。

可是，他還是有點擔心，畢竟這是兇險的地獄遊戲啊。

他虔誠的祈禱著，希望今日，仍可以見到七日前分離的四位夥伴。莫要缺少任何一位。

叮咚。

當他推開熱食店的門，角落裡，四個人同時站了起來，跟他猛烈的揮手著。

四個人，四張笑顏，所有的夥伴都健在？他欣慰的連眼淚都要流出來了。

他迫不急待脫下面罩，這是一張羞澀消瘦的臉龐，是的，他是小三。台灣獵鬼小組的五號，小三。

他剛搭著捷運，從南方的薔薇團領地，趕了過來。

今日是他們分離的第七天，這五個夥伴，在今天，又再度相聚了。

少年H、阿胖、娜娜、眼鏡猴，還有小三。

四人全部到齊！

負責北方夜鷹團的阿胖報告：「北方的夜鷹團，團長就是我們上次看過的那位，他叫做戰鷹，他的等級72級，是石碑上排行第六名的高手。夜鷹團底下分為四個小隊。第一個是前搜隊，由大鵬帶領，人數約在兩百人左右。其次是主力部隊，由巨鵰帶領，人數八百。再來是突擊隊，由黑隼帶領，人數兩百雖少，但是這一隊戰力最強。最後是後勤隊，帶領者我們上次見過，就是那個商人愛普，代號白鴿，負責救援和醫療，這隊大概是一百人。不過鷹團最近積極應徵新玩家，給予完整的培訓，所以目前人數還在激增中。」

西方的天使團，娜娜跟著說道：「天使團注重和平，他們的頭目是六翼熾天使，等級84，在石碑中是排行第一的王者！真正恐怖的是，沒人見過六翼天使的真面目，天使團手下有兩大天使，智天使和座天使，這兩人在石碑上也都是第九和十一的狠角色。其次分別是主天使、力天使、權天使和能天使，共有七大天使管理整個天使團。他們底下的玩家數目總共七百多名。」

東方的眼鏡猴按著說：「東方以野蠻和戰鬥聞名的菲尼斯團，他們的領袖就是菲尼斯，他在石碑中排行第四，等級76。是一個相當兇暴的團長，他手下有四獸分別是虎王、象王、豹王和猴王，一個比一個殘暴。他手下的玩家，也是因為喜愛血腥戰鬥，才聚集到東方的菲尼斯軍團，人數大概一千人左右。」

小三這次沒有說話，他拿出一張紙，擺在大家面前。

紙上詳細的記載著南方薔薇團的狀況。

「薔薇團，團長野玫瑰，在石碑中排行第七，等級73，據說是四大勢力中唯一的女性團長，她手下有荊棘玫瑰、豔紅玫瑰，和粉紅玫瑰這三人，聯盟玩家大概六百人。」

少年H微笑，「大家辛苦了，接下來換我了。我最近打下不少警局，同時也發現，位於台北捷運中央的遊民，並非我們想像的散亂無組織，其實他們是有領袖的。他的名字是夜王，他雖然沒有被列在石碑上，但是他的傳聞相當駭人，據說他可以單人擊潰一整個學校，或是一整團的軍隊。而且我懷疑，夜王其實也是一個現實玩家。」

「啊！」阿胖等人同聲驚呼。「現實玩家？他是哪一邊的？是黑榜的嗎？」

「是不是黑榜，還有待查證。我只知道，夜王一手掌控了幾千個遊民，簡直就像丐幫幫主似的，而且他手下不乏超過50級的高級玩家，都對他誓死效忠，只差沒有立下同盟而已。」

「這個夜王，好像很棘手啊。」眾人面面相覷。

「嗯，我會想辦法跟他接觸的。只希望他是站在我們這邊的，不然織田軍團一旦北上，他一發動叛亂，裡應外合之下，這座台北城肯定不戰而敗。」少年H說。

「對了。天師您升到第幾級啦？我們都在等你的領導呢。」娜娜甜甜一笑，說道。

「我？目前仍在46，剛開始掃蕩警局的時候，等級升的很快，後來就逐漸減緩了，這個遊戲的設定好像就是這樣。」少年H拿出他的機器手套，說道。

「嗯，果然是天師！我才33。」阿胖嘆了一口氣，「我幾乎不眠不休的狂打怪物欸。」

「你別難過，還有我呢！」眼鏡猴笑道，「我到處設下靈電子陷阱，然後引誘大批大批的怪物，總算給我升到31級了。」

「我是36。」娜娜笑著說：「還是我最接近天師，我只要張一張大網，每天就有不少瞎眼的怪物掉進去。」

「我……我……是……37。」小三搔搔頭髮，笑著說。

「小三好厲害！」眾人驚嘆，娜娜更對小三比著大拇指，讓原本就害羞的小三，整個臉都紅了起來。

「嗯，你們真的超出我的期望，實在太棒了。」少年H讚道。

「對啊，天師您有沒有聽說，新竹玩家開始逃難的消息？」阿胖說。

「新竹玩家逃難？」少年H一呆，「逃來台北嗎？」

「是……」小三比了比自己。

「小三說的沒錯，薔薇團在最南邊，最接近新竹，感受勢必最為深刻。日前大量的玩家拼命往北逃，因為台北的資源不足，幾乎引起恐慌。補充體力的藥水，價格一口氣飆漲了兩倍。」娜娜說。

「那就是說，織田軍團已經開始行動了嗎？那在新竹稱霸的『實驗室軍團』怎麼應對？」

「實驗室軍團的老大，是一個叫做『實驗室的白老鼠』的人，他的等級82，在石碑中排行第二。據說，整個實驗室軍團沒有任何動靜。原本和新竹王城零星的戰事也都停止了，更誇張的是，軍團乾脆退回到根據地，閉城不出。許多玩家還謠傳，實驗室軍團已經分裂成許多小軍團，徹底瓦解了。」

「分成小軍團？」少年H沉吟了一會，用力拍了大腿一下，「好個實驗室軍團，好個『白老鼠』！這招化整為零，高明！高明！」

「化整為零？」眾人聽的是一頭霧水，娜娜更撒嬌說：「天師你說明白一點啦。」

「如果我是『白老鼠』，此刻必定先退回根據地，然後把自己拆解成許多小軍團，到時候織田軍團一來，只要化成小軍團四散逃開，織田軍團短時間內也無可奈何。」

「可是這樣有什麼好處嗎?軍隊戰力不是越集中越好?」

「有!當然有好處!難怪這隻白老鼠,可以統合整個新竹的勢力。使新竹不至於像台北一樣,分裂成四個勢力,果然是戰略高手!」少年H又稱讚道。

「啊……?」眾人皆露出困惑的表情。

「這樣說吧,如果織田軍團進入新竹,沒有逮到實驗室軍團的主力部隊,那整個新竹城中,是不是就剩下織田部隊和新竹王城兩股力量?實驗室軍團這時候,只要再巧妙的引誘新竹王城的部隊,和織田軍團先互鬥一場。等到兩邊元氣大傷,他的零星部隊再來收拾殘局就好了。」

「啊!到時候連久攻不下的新竹王城,都會變得輕而易舉。實驗室軍團此招真是漂亮!」阿胖大叫道。

「不過……」少年H沉思道,「話雖然這麼說,織田信長好歹也是稱霸日本戰國的霸主,恐怕不是那麼好對付啊。」

午夜十點,這五個夥伴,一起出現在台北火車站。

他們分離前,又用力的握了一次手,互相鼓勵。「加油!要好好掌握情報和練功啊。」

訂下了七日之約後，他們又回到自己的戰場，繼續奮鬥。

黎明的石碑排行

一、高雄—曹操軍團
二、台南—織田軍團
三、新竹—實驗室軍團—實驗室的白老鼠（二，82級）部屬資料不詳
四、西方—天使團六翼熾天使（一，84級）智、座、主、力、權、能天使，約七百人
五、東方—菲尼斯團—菲尼斯（四，76級）虎、象、猴、豹，約一千人
六、北方—夜鷹團—戰鷹（六，72級）黑隼、大鵬、巨鵰，約一千三百人
七、南方—薔薇團—野玫瑰（七，71級）荊棘、粉紅、豔紅，約六百人

第三十一話《追蹤》

阿胖說得沒錯，這幾天台北城的氣氛的確變了。

大量新竹玩家，倉皇的湧入了台北城，將原本就呈現半飽和狀態的台北城，擠的是人滿為患。

商店中的藥水，價格不斷的創新高，從原本的一倍，兩倍，升上了三倍……而且，還沒有停止的跡象。

地獄遊戲中的黑市，交易又更加頻繁，許多玩家急著購買更加強大的武器和防具，來應付即將來臨的大戰。原本一件只要一萬的士人防禦服（上面繡有台大字樣），此刻都要價超過十萬。

四大職業的各式道具，從工人的電鋸，到農夫的鋤頭，都成為黑市中的搶手貨。

少年H漫步在擁擠的市場中，檯面上的價格和黑市裡的價錢混亂成一團，他也不由的感嘆起來，四百年前，中國不也經過了這麼一場浩劫嗎？當時的人們，也是這樣盲目的亂鑽亂逃，一片混亂。什麼國仇家恨？什麼兄弟夫妻？都在戰亂中被棄若敝屣。

而且越來越多的傳言指出，織田大軍已經匯集了上千兵力，包括黑榜和邪惡的玩家，正準備向新竹的實驗室軍團進攻。

一場可能是遊戲史上，最大規模的攻防戰，即將上演。

只是，對少年H來說，這場戰爭不只是遊戲的勝負那麼簡單，這場戰爭的成敗，甚至關係到整個地獄的存亡，甚至是人間的浩劫。

無論如何，這都是一場不能輸的戰爭。

趴搭！

少年H從台北市的軍團駐地慢慢走出來，一場激戰下來，他打倒了兩百名的怪物陸軍，其中還有一星的將軍，少年H雖然實力強橫，法術精湛，此刻也露出了疲態。

而他右手上的機器手套，滴滴！兩聲，等級終於跳上了50。

「成了。距離下次的七日之會，還有兩天的時間，這兩天就去讀書館，增加職業士人的特殊咒語好了。」少年H吹著口哨，輕鬆的走在台北街頭。

就在此刻，他的眉頭皺了一下。

「被人跟蹤了？」

這些天來，緊緊尾隨在少年H身後的玩家不在少數，這些玩家的目的，大都是為

了撿拾少年H打完怪物後，扔在地上不要的道具。

這些被其他人恥笑為「蟑螂」的玩家，無論是等級還是力量，都差少年H一大截。所以少年H只要加快步伐，利用月色陰影和台北市縱橫交錯的小巷，就可以輕易甩開這些討厭的蟑螂們。

只是，這一次，跟蹤者的等級，似乎有所不同。

要不是少年H長期修行武術，所培養出來的特殊靈覺，恐怕根本不能發現，他身後多了兩個陰沉的影子。

這兩個影子，身法極快，身上又有特殊的道具掩護，更懂得利用陰暗的角落來遮掩自己的身形，不急不徐，和少年H保持在一個安全而且完美的距離。

能有這樣的技巧，這兩人肯定是等級超過40的高手玩家。

少年H心中又驚又喜，驚的是，他終於引來遊戲中的高手了

喜的是，在這片以自由為名的中央地帶，除了遊俠團，還有什麼組織，能湊齊兩名40級的玩家進行追蹤？

少年H微微一笑，只要能抓住這兩人，就不愁見不著夜王了。

兩位高手玩家一前一後，緊緊的躡著少年H的腳步，彷彿兩道輕飄飄的影子般，無聲無息的尾隨著少年H。

只是到後來，他們倆互望了一眼，眉頭皺了起來。

這位神祕的少年，怎麼越走越偏僻？不斷的往小巷子鑽？難道他們倆的行蹤被發現了？

可是這也不合理啊，少年如果發現他們，一定也能感覺到追蹤者的等級超過40。兩個等級40的玩家，幾乎是無懈可擊的組合了。照理說，少年應該選擇人多的地方，然後混入人群趁機逃跑吧？

少年將他們誘進暗巷，難道是想解決他們？

真是笑話。

天大的笑話！

就在他們感到嗤之以鼻的同時，其中一名追蹤者忽然臉色大變，因為，眼前的神祕少年不見了。

「咦？」一名追蹤者驚叫道，「獵物不見了。」

「糟糕，果然被他發現了。」第二名追蹤者怒道，「可惡，只好使用職業道具了，放心有我，他逃不遠的。」

話一說完，這位追蹤者手指上的綠色指環，發出璀璨的綠光，只聽他高喊道：「農夫技能，『陽光下的向日葵田』！」

向日葵田是四大職業中「農夫」的特殊技能。這田地的名稱，是形容燦爛的陽光下，欣欣向榮的向日葵田。所以只要這個技能一使出來，在農夫的能力範圍內，所有的隱藏玩家都會暴露在日光下，無所遁形。

這名農夫的等級極高，相對的，他的能力範圍也極廣，只見一片明亮的日光灑下，登時照亮了方圓三百公尺的範圍，包括所有的角落，任何可能躲藏的陰影，在這位農夫的眼中，都變得清晰可辨。

另一名追蹤者看著這位農夫，施展出「向日葵田」之後，眉頭緊簇，反復搜尋這三百公尺內的範圍，久久不發一語。

另一位追蹤者忍不住問道：「怎麼會找這麼久？他不可能在這麼短的時間，逃出你向日葵田的範圍啊。」

農夫沒有立刻回答，他停了半晌，才慢慢的回答。

「我，找到他了。」

「你找到了？」另一位追蹤者往前踏了一步，喜道：「在哪？快告訴我，我去把他抓回來。」

「不用追了。」農夫說。

「為什麼?」

「因為……」農夫用顫抖的聲音說道:「他,就在我後面。」

「你說什麼?」另一位追蹤者猛然回頭,瞪著農夫。

碰!

農夫沒有再說話,身體往前一軟,摔倒在地上。

在農夫跌倒的同時,他背後一個人也跟著現身。這人背著黑色的Nike背包,稚氣的臉蛋上,綻放著陽光的笑容。

「嗨,幸會。」少年微笑,「我就是你們追蹤的少年H。」

第三十二話《對決》

另外一個追蹤者看見他的夥伴農夫，竟被少年H一掌擊倒，不怒反笑。

「哈哈，不愧是能在十二天內橫掃二十間警局的高手，以防禦力著稱的農夫，竟然承受不住你的一擊？」

「嗯？」少年H注視著眼前的對手，微笑依然掛在臉上，眼神卻變得比往常嚴肅。「看起來，你比他厲害的多啊，原來你才是主力部隊？」

「不能這樣說，我們遊俠團的追蹤團隊，通常以兩人一組，第一位是農夫，就是仰仗農夫這個職業的特性，偵測，並且封鎖敵人的行動。」另外一個追蹤者說。

「第二位呢？」少年H問。

「第二是工人，也就是敝人我。農夫的等級大概四十到四十五，而工人可就不只了。因為工人專司戰鬥。一旦敵人試圖逃脫，或是回頭迎擊追蹤團隊，就是工人上場的時機了。」

「原來是這樣。」少年H笑道：「換句話說，你是專司戰鬥的工人囉？」

「在下名為Mr.唐，叫我唐就可以了。我等級是59，工人，此刻對你下戰書。」

「唐？」少年H知道，遊戲中有個不成文的規定，如果對方報出了自己的姓名和職業，就等於是正式邀戰，如果這時候還逃避，就會成為其他玩家的笑柄。

「我是少年H，等級49……不，剛升上50，沒有團隊。」

「好。」只見唐從懷中拿出一罐深色瓶子，仰頭一口喝盡。「這是工人的特殊道具『蠻牛之水』，可以讓我攻擊力暴增三倍，你小心了。」

「工人擅長肉搏，所以你要跟我打肉搏戰？」少年H微笑。

「當然。」這句當然才剛出口，唐已經竄到了少年H的面前，右拳高舉，對著少年H轟然擊下。

少年H身軀一晃，驚險的躲過這一擊。只是他身後那堵水泥牆，竟被這位Mr.唐給一拳轟掉了半邊。

「好快！」少年H微微詫異，「這人除了蠻牛之水，肯定還有其他加速的道具，原來高級的工人這麼難對付？」

唐一擊不中，似乎頗為訝異，他飛身而起，雙拳飛舞，對著少年H展開一輪狂轟。

少年H臉上依然保持著微笑，對方展現了這樣狂風暴雨的打法，應該很快就會疲倦了吧。

只見唐發出牛吼，雙拳化成千萬個拳影，如雨點般對著少年H猛烈轟炸。

少年H身輕如燕，左右搖擺，如風雨中飄搖的小舟，卻始終不沉沒，唐這些威力驚人的拳頭全都落了空，而他拳風亂掃，反倒少年H周圍的水泥牆、石壁，都被摧毀過半。

少年H越躲越退，突然背後一涼，頂住了石壁。他竟被唐逼進了死角。

「逮到你了！」唐大笑。「受死吧！」

「原來你不是胡亂揮拳啊，而是有計畫的把我逼到絕路，真是失敬了。」少年H依然微笑，同時間身軀一矮，從唐的懷抱下鑽出。

唐見到少年H的身手竟然如此靈活，又驚又怒，左拳由直改橫，眼看就要擊中少年H。

少年H迫不得已，雙手護住胸部，抵住了這拳。唐的拳勁爆開，在工人獨特的紅色電光中，少年H整個人頓時往後飛去。

耳中，只聽到唐大笑道，「四大職業中，士人的防禦和攻擊都是最弱的，中了我這拳，你不死也半條命啦！」

唐笑到一半，嘎然止住，只見少年H不但沒有如他預料的倒在地上口吐白沫，還有如一羽白鶴，輕飄飄的落地。

少年H口中發出嘖嘖的聲音。「嘖嘖，原來士人在你們工人眼中，是這麼衰弱的族群啊？」

唐又急又怒，他知道工人戰鬥中，最忌被敵人拉開了距離，因為工人是四大職業中，最適合近身搏鬥，同時也不擅長遠距離戰鬥的。

如今他一拳把少年H送出了攻擊範圍，對方不傷反笑，唐等於把自己的身體扒光了讓對方凌虐。

「試試我的士人特性吧。」少年H微笑，高喊道：「出來吧！我的筆記書！」

只見少年H眼前出現一本又厚又重的藍色書，比剛進遊戲時，那薄薄的半頁紙，完全不可同日而語。

少年H見到唐發了瘋似的往自己衝來，他意態悠閒的用手指輕翻書頁，哼著小曲。

「聖經歌曲？這不好……虎姑婆召喚術……這也不好？」

唐大吼一聲，轉眼間，已經衝到了少年H面前，只差兩步，他的拳頭就要揮到少年H的臉上了。

少年H一笑。「有了。就這個，『牛頓的萬有引力！』」

碰！

少年H這話一出口，從天降下一顆透明的巨大蘋果，將唐整個人打趴在地上。

不僅如此，這水泥道路還發出剝剝的響聲，唐的身體被這一顆蘋果，不斷往下擠壓，逐漸陷入了水泥地裡。

「你……別得意的太早……每個讀過國中物理的人，都受過這樣的苦，我才……我才不怕……」唐雙手骨骼發出咯咯的聲音，竟然可以抵抗萬有引力，慢慢的把自己的身體給撐了起來。

「嗯，還能動？那再來一項，這招看起來挺炫的！『背不完十萬英文單字』！」

「啊！」唐聽到這招，臉色一呆，「不會吧！這麼消耗靈力的招數……你不會……真的要用吧？」

少年H這聲『背不完十萬英文單字』一出口，只見原本一片漆黑的台北夜空，突然蹦出一顆星星，兩顆星星，星星像是細菌在繁殖一樣，越聚越多，而且每顆星星還閃爍著極為傲人的光芒，越來越亮，讓人眼睛都快睜不開了。

到後來，少年H他們頭頂上的夜空，已經擠滿了無數又大又亮，不斷閃爍的星星。

「哇，其實這招我也沒用過。」少年H抬起頭，欣賞著壯闊的夜景，「是不是我的錯覺，星星越來越大了？」

「不要啊！」唐似乎知道這招的威力，用力抱住頭顱，「會死人的啊！這招會死人的啊！」

這句話剛出口，第一顆星星，畫出一道火紅的痕跡，墜了下來。

轟！這顆流星直接命中唐的屁股，爆出驚人的巨響。

「啊……這招果然夠狠……」少年H的話還沒說完，就被接下來轟隆隆的爆炸聲給掩蓋了。

第一顆火紅的流星墜下後，整片夜空的星星，咻咻咻咻咻咻咻咻，一口氣全落了下來。

雨流星，流星雨，一場狂亂暴虐，足以滅盡生靈的火雨，爆出驚人的氣勢，從夜空傾倒而下。

就連大地都震動起來。

這不是招數啊，簡直就是毀滅！

「幸好只是遊戲。」少年H看著眼前驚人的畫面，無數瘋狂的流星不斷從天空衝下，然後他眼前爆炸，爆炸，再爆炸。到後來，一切都變成白茫茫的一面光牆，只剩下爆炸所激起的勁風，把少年H的頭髮往後吹起。

瘋狂的流星轟炸持續了整整三分鐘，所謂的十萬單字才終於落完，剩下漫天的灰塵。

看到灰塵漸漸散去，少年H發現，原本陰暗狹長的街角小巷，竟被流星雨整個夷平，變成一片遼闊寬廣的廢墟景象。

少年H嘆了一口氣，「設計者肯定遭受過無情的英文單字虐待，不然怎麼想出這麼暴力的招數？」

咦？原本要走向前的少年H，腳步一停。

幾乎是同時，少年H頭部後縮，腰部用力，一個驚險萬分的仰板橋，剛好躲過漫天塵霧中射出的一顆子彈。

「躲的好。」

一個黑影，從濃濃的灰塵中，慢慢走了出來。

「能這樣神不知鬼不覺的，出現在我面前……你肯定是……」少年H身軀一挺，恢復了正常的姿態。

「是的。我就是遊民口中的帝王，」那黑影聲音低沉，在迷霧中迴盪著，「我，就是夜王。」

第三十三話《卻是故人來》

地獄遊戲，台北中央地帶。

此刻，這塊區域正被一片冉冉升起的濃霧所籠罩。

少年H擺出戰鬥的姿態，面色凝重的注視著面前的這片濃霧。

這樣詭異的濃霧出現的太過突然，少年H心裡明白，事情絕不簡單。

雖然剛才少年H發動絕招，引起了不少濃煙，但是算算時間，塵煙早該散去。眼前這片濃霧來的如此突然，瞬間就將敵人的身影完全遮掩。這濃霧恐怕也是遊戲中的道具之一。

濃霧中，一位傳說中的高手，夜王，終於現身了。

剛剛那發靈力子彈，少年H雖然驚險萬分的躲過，可是無論是子彈發射的時機，還有利用濃霧所掩護的發射角度，都顯示這位夜王是一位不容忽視的高手。

「你就是神祕的少年？」濃霧中，夜王低沉的嗓音，聽來震人心魄。

「是的。」少年H露出微笑，「你就是夜王嗎？」

「是的，少年，可否露兩手讓我瞧瞧？」夜王說：「我對你的實力很有興趣。」

「正有此意。」少年H笑道，右腳往前一踏，登時躍入濃霧之中。

剛才簡單兩句對話，已經讓少年H完全掌握了對方的位置，視線迷濛中，少年H右手成爪，以雷霆萬鈞之勢，破開濃霧直往夜王方向抓去。

「哈哈，很好。」夜王大笑，同時卡卡兩聲，迷霧中傳來槍枝拉開保險拴的聲音。

「砰！砰！」兩發靈彈鑽破濃霧，對著少年H的右手襲來。

「子彈？這樣可就不好了。」少年H微笑，聽音辨位，右手微轉有如靈蛇般，驚險閃過夜王兩發靈彈。

兩發靈彈發出呼嘯的聲音，在濃霧中逐漸遠去。

只聽見「趴！」的一聲，少年H已經抓上了夜王的槍桿。

「這把槍太危險了！」少年H笑著說：「讓我替你保管吧。」

「好小子。」夜王吃了一驚，沒想到這位神祕少年的身手如此了得。他這把獵槍獵殺上千名遊戲怪物，從來沒有一隻怪物能近他的身，沒想到這位少年只是一招，就擺脫了自己子彈攻擊，還一手制住自己的武器。

「夜王，承你的情，剛才沒對準我的要害。」少年H微笑，「跟你打個商量……」

「少年，聽我的勸，放開我的槍。」夜王聲音既冰冷又深沉，有股強大的威嚴，讓人不由的想屈服。

「不……」少年H微笑，他右手緊緊抓著握著手中的那把獵槍，好像猛然想起什麼。「這把槍……這把槍……不是遊戲道具，這是靈現系！你能靈現出『獵槍』……

難道你是……」

可是少年H話說到一半，夜王突然一聲大喝，「放手！！」

「不……」

同時間，少年H只覺得手臂上，莫名傳來一陣撕裂般的劇痛。

他一低頭，只見他的右手臂上，不知何時多了一個鮮紅的槍孔，鮮血正汩汩冒出。

這是什麼？少年H一呆。他手臂上中彈了？子彈是什麼時候發射的？

就在少年H恍神之際，夜王突然一個箭步。

他擋在少年H的身前，同時把左手高高舉起。一顆對準少年H的致命靈彈，被夜王的左手一把接住，在他手心瞬間激起閃亮的火花。

「啊。」少年H突然明白了，「這是我剛才躲過的靈彈……」

「是的，我的靈力子彈會自動追擊敵人。」夜王扶著少年H，彷彿猜到了少年H的身分，右手竟然微微發顫起來。「傻，剛才就叫你放手啊！你……你……是少年H？」

「是的！我是少年H……我的夥伴！」少年H伸出他沒有受傷的左手，緊緊握住夜王的手。

少年H的聲音裡頭有掩不住的激動，他高興的幾乎語無倫次，「好久，好久不見了，沒想到我還能遇到地獄列車上的夥伴，車掌阿努比斯！」

一向沉穩冷靜的少年H幾乎失態，因為在這個孤寂危險的地獄遊戲之中，這是他第一次感受到擁有強大夥伴的溫暖。

阿努比斯，曾擔任地獄列車的車掌，在數月前的地獄列車事件之後，這位作戰到最後一刻的英雄，卻神祕的消失了。

因為阿努比斯擁有極為特殊的靈格，所以就算他整顆心臟被木乃伊29給挖了出來，仍不算真的死亡。更讓他在最後時刻，協助狼人T擊倒引發列車暴動的木乃伊29。

只是，他的靈格雖然沒有死，卻在最後關鍵的時刻，消失了蹤影。

當整個列車事件陷入一團迷霧中時，阿努比斯的去向更成為謎團中的謎團。

蒼蠅王更大膽的臆測，如果能找出失蹤的阿努比斯，那列車之謎中，最後也最大一個謎團，『誰在最後一秒，開啟了黃泉之門？』即將得到解答。

此刻，這位堅持到底，神力強大的車掌阿努比斯，終於又再度登場，站在少年H的面前。

阿努比斯穿著遊戲中的巨大斗篷，臉上帶著一張狼形面具，雙臂將少年H緊緊摟住。

「夥伴」這兩個字，對這兩個從地獄列車中生還的戰士來說，是多麼震耳欲聾的天籟啊！

阿努比斯拿出了農人的道具「鬧鬼的迷霧森林」把眼前這片濃霧回收。

他一邊驅除濃霧，一邊對少年Ｈ說道：「唉！其實我早該猜到，道上盛傳的『神祕少年』就是你了。」

「呵呵，老實說，一直到抓到那把獵槍之前，我都沒想到，車掌老大你會躲到地獄遊戲中來……我以為你現在還躺在地獄醫學局……」

「這件事說來話長，我的靈格特殊，那副軀殼並非我全部的本體，我追著那個神祕人，一直追到了台灣，一個不小心就被誘入地獄遊戲了。」阿努比斯苦笑道。

「神祕人?！」少年Ｈ一驚。

「是啊。」阿努比斯說道：「就是那個把黃泉之門開啟的神祕人……」

「黃泉之門！！」少年Ｈ不顧右手傷勢，整個人站了起來，「所以你知道是誰打開黃泉之門！」

「可以這樣說，只是有些事我還搞不懂，Ｈ，你的右手正在滴血，我先替你治治吧。」阿努比斯搖搖頭。

「我的右手？啊對。」少年H微微一笑，「我好像很久沒有受傷了，傷在你手中，也不枉了。」

「我的屬性是農夫，來吧，『療傷的麥穗田』！」阿努比斯輕鬆的手指一畫，少年H只覺得身體暖洋洋的好舒暢。右手不再流血，傷口也自行癒合，短短的幾秒鐘，原本碗口大的槍傷變成了一道細小的疤痕。

「好厲害，原來農夫這麼強啊？」少年H小心的摸了摸右手的傷痕，驚嘆道。

「農夫算是一種結界控制者，士人比較像是遠距離的魔法師。但是我的靈彈威力挺大，你的右手二十四小時仍不可使力，不然會有終生殘廢之虞。」阿努比斯叮嚀說。

少年H點了點頭。「對了，我還是想問你，究竟是誰開啟了黃泉之門……」

「這人身分太特殊，又刻意隱藏身分，我原本也不知道他是誰，所以我捨棄可以回到身體的機會一路潛藏跟蹤他，沒想到他功力太強，我就算沒有身體，還是被他發現了，最後更被他帶進了遊戲裡頭……」

「所以，你也不確定他是誰？」少年H問。

「嗯，不確定，但是我大致上猜到了。」阿努比斯說。

「是誰？！」

「我想……」阿努比斯沉吟了一會，「他應該是十六頭目中……」

（嘻嘻……）

就在阿努比斯要揭開謎底之際，這聲「嘻嘻」同時傳進了他們兩個人的耳中。

少年H和阿努比斯的臉色瞬間巨變。

因為這個發出笑聲的人就在他們身後，一個伸手就可以輕易砍下他們頭顱的距離。

少年H和阿努比斯對望了一眼，都在對方的眼中找到無比的震驚。

誰？是誰？

他們倆，一個是古老埃及的胡狼之神，阿努比斯。一個是武學通神的張天師，少年H。

這世界上還有人可以無聲無息的潛到他們背後，卻完全不被發現？

（我好想念你呦，少年）

少年H身軀猛然一震，這個聲音！這個腔調！他永遠忘不掉。

因為這人，曾經打敗了兇猛的狼人T，還讓少年H差點身首異處，與她對戰的過程，堪稱地獄列車上，最驚心動魄的一戰，沒想到她竟然從第九層地獄回來了！她是……

貓女。

第三十四話《夜無盡》

地獄遊戲，台北城

少年H感覺到身旁的阿努比斯氣勢整個脹大起來，他知道，阿努比斯已經進入了十足的戰鬥狀態。

而少年H自己也不遑多讓，雖然姿態依然悠閒，卻散發出駭人的氣勢。

因為他們的背後，正站著一位地獄有史以來，數一數二的暗殺高手，貓女。

少年H和阿努比斯交換了一個眼神，都在對方的眼神中，猜測到貓女的意圖。

「以貓女的暗殺技巧，並不是殺不了我們。只是我們兩人都是地獄中罕見的高手，貓女暗殺其中一個後，勢必遭到另外一人的全力反撲，強如貓女，恐怕也會鬧到兩敗俱傷的局面。」

而貓女會在這時候出聲提醒兩人，更表示她並不急著現在出手。

因為局勢不容她出手。

兩人想到這裡，少年H先開口了：「貓女，妳從第九層地獄逃……嗯，回來了啊？」

「是啊。」貓女嬌柔的聲音中，還帶著性感的沙啞，「想不想我啊？」

「呵呵，我向來不會去懷念一個，差點把我頭砍下來的人。」少年H搖頭。

「唉啊。」貓女笑了起來，「別把我們的祕密說的這麼大聲嘛。」

「貓女貝斯特，妳是來暗殺我們的？」阿努比斯低沉的嗓音接口道：「請妳先想清楚暗殺我們的下場。」

「不，我是來暗殺『夜王』的。」貓女的聲音從阿努比斯兩人的背後傳來，慵懶低啞的嗓音，讓人聽來心神馳蕩。「但是怎麼知道，卻遇到你們兩個老朋友。」

「暗殺夜王?!」少年H問道：「是誰委託妳的?」

「呵呵，這是祕密啊。這人把我從地獄中救出來，我總是欠他一條命。」貓女在少年H的耳邊輕輕吹了一口氣。「可是有你在，怎麼辦?我就不想動手了啊，討厭鬼。」

少年H只覺得耳朵發癢，同時起了一身的雞皮疙瘩。「咳咳……」

「既然我們都不想打架，沒辦法，我只好走了。」貓女剛說完，聲音已經從遠方傳出，速度之快讓人咋舌。「都是討厭的阿努比斯啦!賴在這裡當電燈泡!」

「咳咳……」阿努比斯咳了兩聲。「我也不想當電燈泡啊。」

「對了，好朋友見面，免費送你們兩個情報。」貓女停下腳步，細細柔柔的聲音，從遠處的黑暗中傳來。

「就我所知，這次的暗殺計畫相當龐大，目標不只夜王。任何可能阻礙黑榜霸業的人，都可能有生命危險。H，阿努比斯，你們可要好好活著啊。」

「阻礙黑榜霸業？」少年H一呆。「難道不只是夜王，還有在台北每個團長玩家……」

「還有，電燈泡先生！」貓女微笑，「你說得沒錯，黑榜上A級的人物已經來到地獄了。」

「嗯……」阿努比斯面罩下的雙眼閃爍，看不出他的喜怒哀樂，只是輕輕的嗯了一聲。

「走了，掰掰啦。」貓女一笑，盈盈轉身，有如一道銳利的黑影，竄上了屋頂。

「等等！貓女！」少年H見到貓女要走，一個箭步衝了出去。「貓女……」

少年H追了兩步，知道自己的速度再快，也追不上暗殺女王貓女。

於是，少年H停下腳步，雙手作成擴音器的形狀，放在嘴邊，丹田真氣鼓動，盡全力大喊道：

（貓～女～我～很～高～興～再～見～到～妳～～～～）

這聲大喊，遠遠傳了出去，在台北市的夜空中迴盪著。

狂奔中的貓女並沒有停下腳步，她依舊在屋頂上奔馳著，只是她的嘴角卻輕輕揚了起來。

「傻瓜。」貓女輕輕的自言自語：「我也很高興，能再見到你啊。」

「竟然是他！！」

此刻，少年H的臉上沒有往常的冷靜和從容，反而露出了一臉震驚。

因為他從阿努比斯的口中，得知了「最後打開黃泉之門的人」。

少年H原本以為，這人不是一個英勇的白道英雄，不然就是另一個奮不顧身的列車戰士。

但是，當他從阿努比斯得知這神祕人的形象之際，他腦海卻是一片空白。

阿努比斯是這樣說的……

「就在狼人T喟然倒下，小丑歡呼大笑之際，一個人，一個不知道從哪裡出現的人，突然站在車頭，他面無表情看著化成紙牌在空中飛舞的小丑。然後，這人身影晃動，突然出現在小丑的面前，右手一抓，竟把剛才逆轉狼人T，刁鑽無比的小丑抓個正著。

小丑見到他好像非常害怕，竟然沒有掙扎，比刀鋒還銳利的紙牌，也乖乖的蜷曲成一團，縮在那神祕人物的手中，不敢妄動。那人沒有表情，只是走進車廂中，然後按下黃泉之門的開關。

最後一秒，生死激戰的列車，竟然被一個來歷不明的神祕人物所拯救，當時我的震撼真是無法形容，而且我看到小丑的模樣，更加懷疑，這人到底是誰？難道小丑認識他？

那人走出車廂之前，右手用力一揉，原本就重傷力疲的小丑紙牌發出一聲淒厲的慘叫，登時變成一團廢紙。

那人臨走之前，只說了一句話，「廢物！」

在這一瞬間，我幾乎可以肯定，這人是列車事件的元兇，我躲在列車的角落中，當時的我失去了身體，加上苦戰多場，深知自己絕非此人的對手，所以我只能躲在角落裡頭，不敢輕舉妄動。

那神祕的人物臨走前，還往我躲藏的角落看了一眼，嚇得我的心臟都快跳出來了。」

這時，少年H插嘴，「你的心臟不是被挖出來了嗎？」

「也許是因為黃泉之門一開啟，列車馬上就要進站了，所以神祕人沒有多做停留，轉身就走。

但是我肯定他已經發現了我，因為他嘴角逸出一絲冷笑，彷彿在警告我不能把事情給宣揚出去。

如果我猜測沒錯，這人跟亞瑟王一樣，混在亡靈人群之中，隨著列車下站了。因為當時車上所有人不是昏迷就是死亡，已經沒有人可以指認他了。

於是，我做了一個勇敢的決定，就是跟蹤他，放棄我恢復身體的機會，我要查出這神祕人是誰。

沒想到這麼一跟，就跟到了台灣。這神祕人雖然其貌不揚，但是功力出奇的高，尤其是最後用靈力將我震入遊戲結界時，我幾乎獃住了，因為我看見了他靈力的形體。

看見靈力的形體，少年H你知道什麼意思吧？

這神祕人竟然已經進入了「可視靈波」的境界！

而且他的靈體十分特殊，我見到了四條手臂從他的背後伸了出來，一隻手臂上抓著惡魔的巨棒，肩上虎皮，尤其是他額頭上的第三隻眼睛，更讓我產生一種熟悉的恐怖感，我曾經見過這個人……於是我決定追了上去！

之後你就知道了，這遊戲只能進不能出，所以我進入遊戲的時間，比你們早一個多月。」

只聽到阿努比斯又繼續說道：

「少年H，我進入遊戲之後，經過一番調查，我得到了跟你相同的結論，就是黑榜想要藉由這個地獄遊戲進入真實的地獄。而且他們正在台南和高雄凝聚勢力，於是我就在台北四大勢力之外，集結這些不愛組團的玩家，自成聯盟，稱為『遊俠團』，目的就是抵禦來自南方的勢力。

這些日子，我雖然縱橫遊戲罕逢敵手，卻越來越心驚，驚訝之情與日俱增，因為這個遊戲既不是黑榜怪物所創造，也不是白榜高手所為，說是某一個瘋狂的地獄科學家設計的嘛，遊戲本身又龐大的出奇，整個遊戲必定建構在地獄中的某處，一個人跡罕至又不容易被發現的地方。

也許是第十層地獄荒原，也許是第九層萬里冰壁……或許，只是或許，這遊戲在地獄更深的地方。

黑榜妖怪們發現這個遊戲，然後想藉由這個遊戲回到地獄，然後反撲地獄政府，遊戲的設計者究竟是何人？我抓了幾個黑榜妖怪來拷問，都不得其解。

也因為我連續對黑榜妖怪出手，驚動了對方的頭目，對『夜王』發佈了格殺令。

少年H，至於你剛剛問的這位神祕高手是誰？這人既然不是白榜上的人物，又擁有可視靈波的力量，肯定是黑榜上頭的大角色，這些日子以來我不斷的推敲，黑榜中的老大蚩尤在多年前就和聖佛一同消失，有人說他們同歸於盡，有人說蚩尤戰敗後從此閉關，聖佛則是隱身療傷。

我個人認為，這人絕不可能是蚩尤，因為蚩尤如果現身，聖佛一定會有所動作。而且蚩尤這人魔力雖然強大，可是行事光明磊落，是一條鐵錚錚的漢子，不太可能設計這樣的詭計。

而四條A中，鑽石A撒旦是屬於浪子性格，一千年前，撒旦集團發生那件事後，他就遣散他底下的軍團，過著閒雲野鶴的生活。

地獄就算知道他在哪，也不敢動手抓，一來怕抓不著，二來怕反而激怒了這頭睡虎，老虎一發威會鬧出更大的禍來。加上撒旦軍團的二號人物，蒼蠅王正掌握第一層地獄，撒旦出手，蒼蠅王沒可能被矇在鼓裡，所以肯定不是撒旦。

四條A中，紅心A則是最富爭議性的人物，他是一位印度古神，同時具有創造和破壞的神力，本身也是善惡難辨，比起絕對王者蚩尤，或是以違反上帝信條為信條的撒旦，他性格複雜的多。

他的名字叫濕婆。

他引發了幾次人間的大災難之後，被地獄列為十六頭目中的紅心A。

梅花A更是四條A中最神祕的一位，他的檔案被地獄高層以極機密為理由，深鎖起來，據說這人不但沒有和地獄敵對，還進入地獄總部的核心，成為非常重要的人物。所以地獄才將他的資料深鎖。」

第三十五話《第二次七日之會》

台北車站，此刻擠滿了來自南方的玩家，這些玩家為了逃避即將來臨的新竹之戰，迫不得已，拋下熟悉的新竹環境，奔逃到台北城來。

台北城中以北方的夜鷹團最積極，他們收募這些流浪玩家，更使夜鷹團在短短一週內，從一千三百人壯大到一千八百人，而且擴張過度的結果，更使得夜鷹團的資源不足。為了掠奪更多的資源，夜鷹團和西方天使團及東方菲尼斯團的邊界處，爆發了幾場激烈的戰鬥。

戰鬥雖然尚未擴大到整個台北城，可是整個城市已經瀰漫在一片煙硝味之中了，給人一種山雨欲來的惶惶氣氛。

菲尼斯集團則是吸引了跟它同類，喜愛暴力血腥戰鬥的玩家，一千人的玩家也激增到一千兩百人，聲勢亦逐漸壯大起來。

而南方的寧靜薔薇團，也趁機擴張自己的力量，原本最少團員六百人，增加至八百人，而且薔薇團比誰都清楚知道，如果新竹城一破，首當其衝的就是最南邊的薔薇團。更讓他們不敢掉以輕心，勤加練兵，倒是苦了不少警察怪物和軍隊怪物。

四大勢力中，唯獨保持不變的，反而是黎明的石碑上，除曹操和織田軍團外最大的軍團，「天使團」……天使團的戰鬥向來以高度文明和精密快速著稱，但是團長六翼熾天使對遊戲勝負似乎不是那麼在意。使得天使團成為這次勢力擴張中，人數增加最少的軍團，原本七百人的隊伍，仍保持在七百五十上下，沒有明顯的變動。

此時此刻，少年H等五人，正盤腿坐在台北市大安公園的樹下，這是他們第二次的七日之會。

就在阿胖四人報告完畢各軍團的狀況之後，少年H宣佈了一個重大的消息。

「你們猜猜夜王是誰？」少年H一改以往的沉穩態度，非常調皮的說。

「啊？」眼鏡猴看著少年H，扶了扶眼鏡，沉思了半晌，「看到天師這麼高興，難道是我們認識的人嗎？」

少年H頷首：「可以這麼說，如果你們對地獄列車事件夠熟悉的話……」

「列車上的人！？」阿胖等四人互相看了看對方，臉上盡是詫異的神情。

「沒錯。」少年H伸手比著四人的背後。「而且這個人馬上就要過來了。」

四人聽到少年H這樣一說，同時往少年H手指的方向瞧去。只見公園的遠方，一個男人緩步走來，男人穿著黑色的長大衣，臉上戴著由木頭雕刻而成的胡狼面具。

這人的距離雖然離他們尚遠，可是從他穩定而沉靜的步伐中，透露出一股無法形容的靈壓，讓阿胖等人感到全身發麻。

這股靈壓……這人的力量難道不在天師之下！？

「我來介紹一下，他就是地獄列車的車掌。」少年H待男子走進，和男子四手交握，微笑說：「阿努比斯。」

「阿．努．比．斯！！！！」阿胖四人同時從地板上跳了起來。「冥河守護神！！」

「過獎了，現在地獄科技進步，冥河那套已經過時了，現在是高速鐵路和地獄列車的時代了。」阿努比斯沒有絲毫架子，對眾人微微欠身，禮貌的說：「只是我上一份工作，剛好是地獄列車車掌罷了。」

「哇！」娜娜首先歡呼，「原來阿努比斯就是夜王，那我們就如虎添翼啦。」

「對啊！」眼鏡猴和阿胖互相擊掌，雀躍的說：「中央勢力在我們手中了！」

「嗯……」少年H和阿努比斯互望一眼，都在對方眼中找到一絲笑意。

「另外，我們還有件事情要說。」少年H說道。

「天師，請說。」阿胖等四個人同時開口。

「這幾天，我又遇到另外一個『故人』。」少年H說。

「老朋友？」娜娜問道，聲音中有隱藏不住的喜悅，「難道又是地獄列車上的幫手嗎？」

「地獄列車上嗎？這部份是沒錯啦！」少年H微微苦笑。「只是她不是幫手。」

「是誰？是誰？」阿胖等人圍了過來，七嘴八舌的猜測：「是狼人T嗎？」

「不是。」少年H搖頭。

「組長J？」

「……不，他還躺在醫院。」少年H又搖頭。

「難道是……吸血鬼女？」眼鏡猴發出驚喜的聲音。

「不，她還在昏迷。也不知道醒了沒……」少年H嘆氣。

「那……還有誰呢？」

「你們都猜錯方向了。這次可不一定是好消息。」少年H苦笑道。

「猜錯方向？」

「來的人相當棘手，這人還在列車上的時候，就險些將我和狼人T雙雙葬送在第十號車廂。一個以美貌、巫術，和暗殺技巧著稱的……」

「啊！！」娜娜雙手摀住嘴巴，率先尖叫起來。

「難道天師你說的是……」眼鏡猴激動的說：「那個貓……貓……貓女嗎？」

「噹噹，答對了。」

「不會吧！」眾人又大叫，只是這次的反應四人卻十分的分歧，娜娜露出失望的神情，而阿胖和眼鏡猴卻高興的抱在一起，連小三都露出害羞的表情。

「啊？我以為你們應該……嗯，有點害怕之類的。」少年H看著四個人，詫異的說。

「不會啊。」阿胖高興的說：「貓女可是我、眼鏡猴和小三共同的偶像喔！她來了一定要找她簽名！簽在哪呢？簽在肚子上好了！」說完，阿胖露出了肥肥的肚皮，用力拍了兩下。

「據說貓女的暗殺技巧太過高超，高明到連被殺的人，還可以自在活動一個小時，才發現自己已經死了。」眼鏡猴滿臉無法掩飾的崇拜，「喔喔喔喔，我已經開始想像貓女那美麗的爪子，在我身上劃過的感覺了。」

阿努比斯看看阿胖等人的反應，又看看少年H，忽然嘆了一口氣。

「少年H，這些日子以來，你就是跟他們一起作戰？」

「是啊。」

阿努比斯伸出他的右手，拍了拍少年H的肩膀。「真是辛苦你了啊。」

「……是啊。」少年H苦笑點了點頭。「還真不是普通的辛苦啊。」

第三十六話《絕不辱命》

地獄遊戲，台北市，大安公園。

「天師！你說什麼？！」阿胖等人同時大叫。「你要離開台北了？！」

「沒錯，今晚跟你們聚會之後，我就會搭火車直接南下，我要去新竹。」少年H說。

「新竹！新竹！那裡現在是風雨飄搖，大軍壓境啊，天師，你沒看到有三分之一的玩家，寧可放棄自己在新竹的建設和資源，逃到台北城來？」娜娜著急的說道。

「你這一去，不是送死嗎？」

「我知道。」少年H微微一笑，「可是，這一次我是非去不可啊。」

「我不懂，難道就是為了貓女那一句話，黑榜現在鎖定每個團長，你就不顧自己的生命安全，去新竹保護那個實驗室軍團的團長——白老鼠嗎？」娜娜越說越激動，到後來雙眼都泛起了淚光。

「我們這裡也需要你的領導啊，好不容易我們五個團結在一起，還有阿努比斯大人，我們可以固守台北城……就算新竹失守。至少可以一起在台北奮戰啊！」

「娜娜……」少年H看了看眼前的四人，心頭也是一陣不捨，雖然台灣四人組常常做出一些出乎常人的舉動，但是這些日子以來，他們同甘共苦，一起面對遊戲的種種危機，要少年H拋下這四人離去，他也是心頭難過啊。

「原本我是想立足中央，然後藉由你們四個從東西南北方向帶回來的消息，成立一個足以抗衡四大勢力的第五勢力，可是既然車掌已經在這裡，我也可以放心交給他了，無論是力量還是智謀，他都不在我之下，以後你們就統籌由他指揮，好不好？」

「不好啦不好啦。」娜娜使起小性子，哭著說：「我要天師來領導我們。天師我要跟你去！」

眼鏡猴扶了扶眼睛，拍著娜娜的肩膀，說道：「娜娜，其實天師說得沒錯，新竹城一破，黑榜取得四城得其三，資源是我們的三倍，台北城只剩下一座孤城，就算來得及統合四大勢力，也是落敗一途，當今之計是先守住新竹城啊。」

「嗯，而且你們四個人的任務也有變動。」少年H嘆了一口氣，繼續說道。「貓女釋放這麼重要的情報給我們，我們應該有所動作才對，我希望你們四個積極加入四大勢力，想辦法貼近團長的身邊，黑榜的暗殺手段千奇百怪，很多都是遊戲玩家聞所未聞的……」

「天師，你要我們保護四大團長？」阿胖驚呼，「啊，對了，他們的確也很危險。」

「嗯，『暗殺』這招相當厲害，織田信長出這麼一招，真不愧是日本戰國梟雄，他們一定會趁機謀殺四大團長，然後趁著玩家們大亂，再一口氣攻破台北城，如果黑榜妖怪開始蠢動，就靠你們四個了……」

「嗯。」聽到少年H這樣說，阿胖、眼鏡猴，還有小三露出嚴肅的表情，同時點頭，「絕不辱命。」

台灣四人中，只剩下娜娜沒有點頭，所有人都發現了她的不對勁，一起看向她。

卻見她雙眼泛紅，語帶鼻音：「天師，我可以去保護那個什麼六翼熾天使，但是我有一個條件，要你以天師之名發誓，絕對要做到。」

「娜娜，妳……」阿胖低聲道：「別那麼任性啦。」

「請說。」少年H點頭。「我以天師之名保證，妳說吧。」

「無論新竹城是否守的住，你都要回台北，平平安安的回來。」娜娜堅定的說。

「不然……」

「不然？」

「我就會用我五色靈絲中的紫絲。」娜娜堅定的說。

「啊！！」沒想到娜娜這句話一出口，少年H沒聽懂，阿胖等人卻同時驚呼起來。

「娜娜，別想不開啊……」

「妳的紫絲不是要與敵人同歸於……」

娜娜搖頭。「如果天師死了，到時候新竹一破，黑榜軍團傾巢而出，圍攻台北城，我們也沒性命了，還有什麼好保留的。」

聽娜娜這樣說，眾人同時噤聲了。

「天師，你不會想知道我的紫絲用途的……」娜娜說：「答應我，你一定要活著回來。」

「原來紫絲是這樣……」少年H沉吟了一會，用力點頭，「好，娜娜，我答應妳。」

「嗯。」娜娜擦去淚痕，用力點頭，「我也答應了，我會去保護天使團的團長。」

「其實你們都太悲觀了。」少年H遲疑了一會，「我們未必會輸啊。」

「天師您別逗了！」阿胖苦笑的說：「我們與黑榜軍團強弱懸殊，天師，不是我們妄自菲薄，這場戰爭的結局已經註定了。」

「嗯，其實我有件事一直沒跟你們說，因為我也沒有十足的把握，可是我即將遠行，生死未卜，所以我決定把這件事交代給你們。」少年H嚴肅的說。

「天師請說。」四人異口同聲的說道，「我們一定替您辦到。」

「這件事要保密，在我離開曼哈頓的時候，曾經到吸血鬼女住處一趟，跟吸血鬼女有接觸……」少年H慢慢的說道。

「吸血鬼女不是昏迷中嗎？」眼鏡猴忍不住出口說。

「是的，所以她只能躺在床上，無法行動，但是她透過靈波的傳遞，委託了我一件事。不，應該說給了我一個訊息。」少年H說。

「什麼訊息？」阿胖四人追問。

「一個地址。」少年H簡短的說，「一個很重要的地址。」

「地址？」眾人聽的一頭霧水，「那是哪裡的地址？」

「嗯，那個地址在哪裡我不便明說，但是在來台灣的第一天，當我發現有地獄遊戲這件事，當我知道黑榜妖怪正從全世界各處不斷往此地匯集，我就寄了一封信去那個住址。請他們兩位來台灣一會。」

「他們兩位？」娜娜露出迷惘的眼神，繼續追問：「什麼意思？天師，我們不懂。」只有一直沉默不語的阿努比斯，突然雙眼發亮，「啊！」的一聲，似乎明白了少年H的言下之意。

少年H對阿努比斯微微一笑，「不愧是車掌老大，已經猜到了，這兩人曾經出現在地獄列車上，他們臨走之前，把他們的去處留給了吸血鬼女。並且交代她，如果有任何危機的徵兆，就通知他們倆。」

「等等，我們不懂啊。」娜娜急道。

「這兩人此刻被地獄通緝，因為沒有作姦犯科，所以沒有名列黑榜。但是脫離地獄掌握，也是一條不小的罪名，為了省去麻煩，他們行事相當低調，他們早就意識到地獄列車只是整個事件的開端。所以他們各自行動，去招募自己的夥伴，準備應付接下來接踵不斷的事件。」

「嗯？」阿胖等人還是聽的一頭霧水。

少年H微笑說道：「這兩個人啊，他們如果真收到我的信，然後來到台灣，局勢肯定會逆轉的，不單只是他們很厲害，厲害到我連其中一個都打不贏，還有，我十分期待他們找來的夥伴……當然，前提是，我們必須支撐到他們來到台灣，支撐他們來到地獄遊戲。」

「等等，天師，您說您比不上這兩人中的任何一位？」眼鏡猴扶了扶眼鏡，臉色微變，似乎明白了這兩人是何方神聖了。「您說的，難道，難道是……吸血鬼之祖……」

「嗯，這兩人一定會來的。」少年H微微一笑，「所以我們一定要撐住，從新竹開始，我這次去新竹保護白老鼠，一定讓自認為穩操勝算的織田和曹操軍團吃盡苦頭。」

「放心吧。」阿努比斯點頭。「我們一定守的住的。貓女都說了，地獄總部已經派出人馬來調查台灣了，表示我們有越來越多的援軍會進入遊戲中。」

「雖然對方有黑榜十六頭目，但是我們也有強大的地獄高手當後盾啊！」少年H說：「所以我們是最重要的角色，千萬要守到援軍到來。」

說完，少年H伸出了他的右手，在六個人的中間，朗聲說道：「絕不放棄。」

「堅持到最後一刻。」阿努比斯也伸出了手，按在少年H的手背上。

「奮戰到底。」阿胖也伸出了手，疊在阿努比斯的手上。

「我們六個人，」娜娜跟著伸出手。

「一……起……」小三也說。

「加油！」眼鏡猴說。

「很好。」少年H深吸了一口氣，「相信，我們六個會再見。」

「一定要活下去！！」六人同時對著公園的夜空大喊道。「相信下次一定能見面！」

一定，能再見的，只要相信。

The End...

敬請期待地獄系列第三部《地獄戰役》

外篇《吸血鬼女的夢》

外篇第一話《吸血鬼女的夢》

眼前，是一片寬闊無邊的草原，草長及膝，迎著風左右搖擺著。

一個金髮小女孩，躺在草原的中央。

女孩醒了。

她抬起頭，看著她眼前這一望無際的草原，好像想到了什麼，又記得不太分明，於是她皺皺眉頭，往草原的一頭跑去。

她在想，我是誰？為什麼在這裡？

還有，我要去哪裡？

一雙溫柔潮溼粗糙的大手，正拿著一條大浴巾，搓揉小女孩剛洗完澡所弄溼的金髮。

小女孩發出咯咯的笑聲。

她非常熟悉這雙大手，這雙因為勞力而滿是皺紋的手，這雙無時無刻保護她的手，這雙會溫柔細心將她身體擦乾的手。

是母親的手。

金髮小女孩，她想起來了。

她是吸血鬼，她是住在地獄第六層中的Brujah吸血族。

地獄第六層，這裡是地獄十八層中的一層，除去最深處，最晦暗，無人了解的最下方八層阿鼻地獄。

人類對地獄的認識就僅止於到第十層而已。

而且地獄的大小，有如一個倒置的漏斗，第一層地獄人口稠密，但是面積最小。第二層地獄的面積是第一層地獄的一百倍，但是人口卻較第一層為少，所以人口稀疏的多。

有人甚至將第一層地獄，視為第二層地獄中的一個大型城池。越往下，地獄的土地就越廣大，人口也就越稀少。

如此往下推演，最底部的阿鼻地獄，已經是無邊無際的荒原了。

第六層，就是他們Brujah吸血族居住的地點。

在這裡，Brujah族不過是一個村落，聚集了大約七百多人的大型吸血城鎮。

Brujah族的吸血鬼們，彼此熟識，自給自足，在這片寬闊的地獄中，過著與世無爭的生活。

這小女孩從小就極愛幻想，她常常幻想著吸血鬼城鎮外頭的世界。

而且，她有個熱愛遊歷八方的舅舅。舅舅是典型的『地獄旅者』，他的足跡踏遍十層地獄，層出不窮的冒險奇遇，總是讓小女孩百聽不厭，老是纏著舅舅聽他說故事。

舅舅總是摸著小女孩的頭，跟她說起地獄的各種奇景。

第一層是人間和地獄的交界，那裡是繁榮緊湊的商圈，每天無數的亡靈穿梭其中，生活步調快速，科技進步，人們都喜歡穿著新潮的服飾，說著新潮的語言。

第二層是第一層地獄的腹地，承接第一層地獄的繁榮，第二層地獄也逐漸蓬勃發展起來，許多部落也都建造在第二層地獄中……

強大的龍族，居住在深不見底的第十層，他們靠著從地獄深處冒出來的烈火為食，兇狠無比，力大無窮，任何法術都沒有用。

可是龍族的數量卻逐漸減少，沒有人知道為什麼？在廣大的第十層地獄中『旅者』們常常遊歷月餘，仍見不著任何一隻龍族。

第十層地獄也是「人們已知的地獄」和「未知的阿鼻地獄」的交界。

在交界處，有著一個比一萬人還要高，一萬人還要厚，沒有源頭和盡頭的「牆壁」。

自古以來，這麼牆壁就被地獄的旅者們稱為「嘆息之壁」。

因為任誰來到這片寬廣無邊，被最古老和最強大禁咒所封閉的牆壁，都只能長歎一口氣，轉身離去。

說到地獄的第十層，舅舅眉飛色舞的告訴小女孩，他是如何孤闖龍族的陣地，又如何仗著膽識從深層地獄中逃出來，還帶回來最珍貴的龍珠……

舅舅還得意的展示他被火龍灼傷的傷痕，他那時曾經想要翻越這座嘆息之壁，卻被火龍追逐，歷經九死一生，才逃出龍口。

舅舅還告訴小女孩，這座嘆息之壁建立在非常遠古的年代，在那個年代地獄是沒有分界的。

「難道都沒有人成功越過『嘆息之壁』嗎？」小女孩失望的問：「沒有人知道，牆壁後頭的阿鼻地獄是什麼模樣嗎？」

「其實有喔。」舅舅神祕的說。「有一個人，他不但越過了『嘆息之壁』，還走完了整個阿鼻地獄，最後平安歸來。」

「舅舅，那個人是誰？」小女孩美麗的棕色瞳孔，閃爍著興奮的光芒。「是誰這麼厲害？」

「這個人他赤著雙足，許下要淨空地獄的宏願後，就踏入了阿鼻地獄了，他不僅是我們所有『旅者』的精神領袖，也是目前地獄公認的最強者。」舅舅用一種極為崇拜的口氣說道：

「他就是地獄聖佛，地藏王啊！」

「啊！原來是聖佛地藏王……那他有沒有說阿鼻地獄是什麼模樣？」小女孩問。

「這就可惜了，他什麼都沒說。」舅舅搖了搖頭，「當人家問起，他只是淡淡的微笑，輕輕的搖頭，沒有人知道他這動作的意思。」

「啊……」小女孩口氣中好失望。「那我下次見到聖佛地藏王問他！舅舅，你認為聖佛會來我們的城鎮嗎？」

「也許喔。」舅舅疼愛的摸了摸小女孩的頭，「聖佛地藏王從不停止在地獄中遊歷，他赤著雙足走遍高山大海，寒冰烈火，而且只要有他在的地方，就有正義和和平……也許有天，他也會來到我們村莊，到時候妳就可以問他啦！」

「嗯……」小女孩很用力的點了點頭。

外篇第二話《快樂的吸血鬼城鎮》

其實，小女孩最愛聽的部份，是關於人間的故事。

「舅舅，再多說一些人間的故事嘛。」

「人間的故事？又要聽？」舅舅笑著說。

「要！你上次有說到『陽光』，你說『陽光』是七種美麗的顏色混合而成的光。你再多說一些陽光的事情啦，好不好？」小女孩央求著舅舅。

「陽光啊……噓……你媽媽不准我告訴妳『陽光』的事情啊。」舅舅用手指壓住嘴唇，小聲的說。

「為什麼？為什麼不能說陽光呢？」小女孩問道。

「因為陽光太美了，美到會傷害我們吸血鬼的身體，只要我們一照射陽光，身體就會『碰！』像灰一樣散開了。」舅舅雙手張開，做一個鬼臉，比出一個爆炸的手勢。

「啊……」小女孩用雙手摀住嘴巴。

「怕不怕？害怕就不要聽囉。」舅舅笑了起來

「不怕。」小女孩放開雙手，抬頭挺胸，努力做出勇敢的模樣。「陽光這麼美，就算變成了灰，也沒有什麼可惜的啊。」

「啊！妳真的這麼想？」舅舅好像被小女孩的想法震驚，沉吟半晌。

「妳有當『旅者』的資質，不顧一切前進的勇氣，說不定下個翻過嘆息之壁的人就是妳了。」

「比起翻過嘆息之壁，我更想要親手撫摸陽光……」小女孩露出嚮往的神情。

「陽光！妳在說什麼！！」突然，小女孩身後傳來母親的一聲怒斥。

「媽媽……」小女孩害怕的躲到了舅舅身後。

只看見母親臉漲得通紅，生氣指著舅舅的鼻子大罵。「你看看你，什麼亂七八糟的東西都教給她！陽光有什麼好？我們Brujah族待在第六層地獄有什麼不好？去什麼旅行？去見識什麼世界？糊塗！」

「姊姊，別生氣啦。」舅舅摸著頭，笑著道歉，「我以後不跟她提到陽光了。」

「你啊，跟你姊夫一個樣！」母親用手戳了戳舅舅的鼻子，「滿腦子幻想，想要解決吸血鬼族的缺點，是啦，我們是克服了十字架，克服了大蒜，又如何？我們生活在這個地方，根本沒有那些東西啊！我們吸血族擁有幾乎永恆的生命，原本就要付出代價的啊！讓我們害怕十字架和大蒜又如何？」

母親繼續說道：「就算有天我們征服了最後的弱點，陽光，我們又能如何？難道要搬去人間和人類同住嗎？真是傻瓜！一群傻瓜！」

舅舅一邊對媽媽陪笑著，還不忘把手偷偷伸到背後，捏著小女孩的臉，逗的她咯咯嬌笑。

吸血鬼族最初的記載，是由一位名為「德古拉伯爵」的男人開始的。

德古拉背棄了上帝，因此擁有了被詛咒的身軀，卻也造就了地獄史上絕無僅有的強大種族——吸血鬼。

吸血鬼擁有不死的生命，同時又能藉由『吸血』和正常人類『生產』兩種方式繁衍後代，使得吸血鬼越來越壯大，後來更因為吸血鬼的特性不同，進而繁衍出許多不同的種族。

其中有擅長戰鬥和嗜血好殺的吸血鬼E族，還有遵守古法，過著苦行僧生活的吸血鬼A族，以及拿永恆的時間，來創作藝術和文化的S族。

而B族的人研究自己的身體，並嘗試用科學的方法加以克服缺點。所以，B族一直是最和平的吸血鬼，他們和地獄中所有的妖怪和平共處，共生共榮，並且努力學習其妖怪的知識。

但是，不幸的，高度發展知識的B族，雖然擁有最深厚的智慧和學識，卻也逐漸演變成戰鬥力最弱小的民族。

反觀最喜愛戰鬥的E族，四處侵略，到處殺戮，強調吸血鬼尊貴的血統，族人數目雖少，卻個個是萬夫莫敵的怪物，儼然成為地獄中一股可怕的力量。

這位小女孩，就是屬於追求知識的B族，也只有包容性強的B族，才能誕生出像舅舅這樣，以旅行和探訪世界為主的『地獄旅者』，還有許多以克服吸血鬼缺點為生平志願的『吸血鬼科學家』。

而小女孩好喜歡，好喜歡這個B族吸血鬼的城鎮。

在這裡大家都彬彬有禮，愛好和平，偏偏又帶著一點瘋勁，那是一種對知識探索的狂熱。

走在鎮上，常常可以見到一些叔叔伯伯突然大叫一聲，然後興高采烈的路上狂奔，口中嚷著，「解答一定是這樣！我想到了！我想到了！」

她還曾看過一個滿臉鬍子的老哲學家，全身赤裸的從浴室衝出來，大喊道：「皇冠的問題！我想到了！只要把它放進水中就對了！」

這個屬於B族的吸血鬼城鎮，就是這麼可愛。

而且小女孩還可以在路旁，看到許多不屬於吸血鬼族的小妖怪，像是頭上長著天線的嬰兒，飄來飄去。還有喜歡躺在狗屋上頭睡覺的大鼻子狗。

她記憶中的B族吸血鬼們是包容萬物，以追求知識為生平志趣的純真吸血鬼，像喜愛旅行的舅舅就是。

她也知道，嚴格的媽媽其實是很疼愛她這個唯一的弟弟，雖然舅舅總愛四處流浪，將家事丟給媽媽一人在做。

而且小女孩也知道，她父親也很偉大，她父親就是研究出『抗十字架血清』的科學家。

雖然注射血清之後，會讓B族吸血鬼的力量減弱，可是B族的人們還是義無反顧的注射血清，對他們來說，能體驗十字架這樣的新事物，比力量要重要的多。

只是，她的父親，曾經被喻為吸血鬼史上最偉大科學家的父親，卻在一次例行的單獨旅行中，被人暗殺了！

兇手還把他的屍體，扔在第六層地獄的荒野中，

當這個消息傳來，整個B族同感震驚，傳說中不死的吸血鬼，怎麼可能這麼輕易就被荒野的地獄怪物所殺？

父親死亡的消息，沸騰了整個村莊，同時，一個可怕傳言不脛而走。

一個讓人們膽戰心驚，不敢在公開場合談論的傳言。

『要殺死吸血鬼？除了大神魔級數，只有吸血鬼自己做的到啊。』

『……難道是吸血鬼下的手？！』

是吸血鬼下的手？哪一族下的手？喜愛和平的B族不敢再猜測下去。

而母親看到父親屍體的那天晚上，沒有說上半句話，她甚至沒有哭，沒有掉下一

滴淚，只是默默的做著一切平常該做的事情。

只是小女孩知道，那天當她洗完澡，母親照慣例替她擦身體時，她感覺到母親的雙手，那雙充滿著愛心，永遠堅強可靠的手……

竟然正在發抖。

不斷不斷的顫抖。

那是憤怒還是悲傷，是無奈還是心疼？小女孩還太小，無法分辨。

可是，從此之後，母親開始厭惡B族所有的科學研究，連『陽光』這兩個字，都不能在她面前被提起。

外篇第三話《城鎮染血》

小女孩最喜歡的人，除了媽媽，就屬舅舅了。

雖然媽媽老說舅舅不務正業，但是小女孩認為，舅舅是一個非常勇敢的人。

而且，她曾看過舅舅用單手阻止發狂的公牛，舅舅的力量也許很強。

小女孩有一個心願，一個祕密的願望，那就是『陽光』。

她告訴自己，有天一定要親手撫摸『陽光』。

根據古籍的記載，撫摸『陽光』之時，能體驗一種任何火焰都無法給予的溫暖感受，能淨化心靈，而陽光同時也是所有地獄妖怪們，共同仰望的純潔光芒。

只要撫摸一次『陽光』，就算從此灰飛湮滅，她也絕不後悔。

今天，第六層地獄的上空，籠罩在一片詭異赤紅中，這是吸血鬼古老典籍所記載的『大兇之日』。

不過B族吸血鬼熱愛科學，凡是追求證據，對這樣的氣候異常，一點都不感到擔心，依舊過著他們和平與世無爭的生活。

只是，小女孩從一早起床，就感到莫名的不安。

她的心臟撲通撲通的猛跳，好像在告訴她，有什麼恐怖的事情即將要發生了。

母親要出門之前，小女孩還緊緊抓著母親的群擺，不讓她踏出門外。

「我的小女孩是怎麼啦？」媽媽蹲下身，心疼的捏了捏小女孩的臉蛋。「這麼捨不得媽媽啊？」

「都幾歲的人了，還沒斷奶？」舅舅在旁邊揶揄小女孩說：「要不要舅舅帶妳去給地獄紫牛餵奶？」

「媽媽，媽媽，不要出門。我怕……我怕……」小女孩緊緊抓著母親的裙子，那雙大大的棕色眼眶中，浸滿了淚水。

「乖乖。」媽媽輕輕摸著小女孩的頭，用手掌把她的眼淚抹去，「媽媽去隔壁兩條街，買顆蘋果就回來，好不好？」

「不要……人家好怕……好怕……」小女孩抽抽噎噎的說：「人家真的好怕……」

媽媽看到小女孩這麼害怕，無奈的抬起頭，和舅舅互望了一眼。

「姊姊，她就給我照顧，放心啦。」舅舅用力把小女孩抱起，柔聲安慰說：「乖乖……別哭啦。」

媽媽臨走前，還不忘回頭看了小女孩一眼。

這一眼，包含了擔心、不捨、依戀，還有來自母親那無窮無盡的關愛。

可是，這一眼，卻是小女孩見到母親的最後一眼，因為她們都不知道，這次的分離，竟然永遠的訣別。

永遠的生離死別。

母親離開房子五分鐘後。

第一聲尖叫，從屋外猛然傳了進來，尖叫來的突然，震人心魄。

聽到這聲尖叫，舅舅和小女孩兩人臉色同時巨變，因為任誰都聽得出，這是垂死的尖叫。

舅舅正想推門出去，屋外的四面八方，竟然同時響起尖叫聲。

而且慘叫一聲接著一聲，越來越淒厲，而且有男有女，有老有少，有遠有近，從城鎮的每個角落傳了出來。

屠殺！！

這個城鎮遭到屠殺！

這個充滿B族吸血鬼的城鎮，竟然遇到了屠殺！這是怎麼回事？

舅舅沒有離開，他回頭看著小女孩，原本吊兒郎當的表情，露出罕見的堅毅，這才是他身為『地獄旅者』的神情。

舅舅右手抱起小女孩，幾步奔上了二樓，將她藏入衣櫃，在關上衣櫃門之前，舅舅不忘給小女孩一個溫柔的微笑。

「小女孩乖，別出聲。」舅舅輕聲的說：「舅舅會遵守姊姊的承諾，我會保護妳到底的。」

看著衣櫃的門，慢慢的闔上，光線越來越暗，舅舅的臉慢慢消失在門後，小女孩的眼淚，竟然不能控制的湧了出來。

她有預感，這是她此生此世，最後一次見到舅舅了。

衣櫃外頭，屋外慘叫一聲高過一聲，小女孩不斷的發抖，不斷抖著，眼淚沾溼了衣櫃中的衣服。

她不敢想，是誰？究竟是誰敢來到吸血鬼城鎮放肆！還屠殺為數超過七百的B族吸血鬼？！

整個地獄中，還有哪個集團有這樣恐怖的力量？

外篇第四話《虐殺》

小女孩躲在衣櫃裡頭，不知道過了多久，屋外的慘叫聲終於漸漸止息。

小女孩緊緊抓著衣服的手，因為心神緊張所累積的疲勞，終於在此刻緩緩放鬆了下來。

就在她半夢半醒之際，突然，一個非常近的聲音，在她身邊響起。

她一驚，聲音來自衣櫃的外頭，而且說話者就在衣櫃門的旁邊。

「這屋子還沒搜過。」那男聲說：「給我仔細的找，不准留下漏網之魚。」

小女孩心臟劇烈的跳動起來，怎麼辦？怎麼辦？我該怎麼辦？誰來救救我？舅舅，你在哪裡？

就在小女孩慌亂之際，衣櫃外頭又響起一個人聲，這聲音卻是小女孩再熟悉不過的……

舅舅！

「我當是誰這麼大膽，敢來侵犯我們的城鎮。」舅舅冷冷的說：「原來是吸血鬼中的屍狗，吸血E族啊！」

「稱我們屍狗？嘿嘿。」對方聲音中有難掩的憤怒，「果然還有漏網之魚，你準備受死吧！」

「受死？」舅舅的聲音不似往常的俏皮輕挑，反而低沉的可怕，「不知道是誰受死呢。」

小女孩心臟一跳，只聽到外面卡擦一聲，有人的喉嚨被咬碎了？

這麼快……戰鬥就結束了？

她不由的擔心起來，舅舅怎麼會是擅長戰鬥的E族吸血鬼的對手？不，就算要死，也要和舅舅死在一起，就在小女孩要推門出去之際……舅舅的聲音竟然又在外頭響起。

「E族也沒什麼了不起啊。」舅舅冷冷的說：「我奉勸那些躲著的吸血鬼，不想死就別出來啊。」

「不想死就別出來……」小女孩一驚，是啊，舅舅是在提醒我。

可是就在此刻，舅舅的說話聲，引來了更多新的E族吸血鬼，於是衣櫃外又響起了劇烈的打鬥聲。

這一次聽來，至少有超過五隻吸血鬼在外頭激鬥，舅舅只有一人啊！那現在是四對一？

小女孩雙手十指扭曲緊握，下唇咬得出血，躲在衣櫃裡面任憑舅舅一個人在外面孤軍奮戰，她只能低聲念道：「無敵的德古拉伯爵啊，如果您真的有靈，請您保佑您的吸血鬼子民，舅舅平安渡過這一劫。」

求求您……

碰！碰！外頭又發出了幾聲巨響。

外頭的激戰結束了？

小女孩心臟又猛烈跳了起來，四對一，對方又是吸血鬼族中的最強E族，舅舅……你……你還在嗎？

沒想到，外頭又響起說話聲，依然是她親愛的舅舅。

「老聽說E族多強悍？屁狗就是屁狗。」舅舅呸的一聲，吐掉口中的血。「跟地獄旅行那些怪物比起來，不過是小貓小狗罷了。」

鏗瑯！鏗瑯！

舅舅話剛說完，小女孩就聽到玻璃碎裂的聲音，有人從窗戶外闖進來了？窗戶被撞破，E族吸血鬼不斷湧入，小女孩手心冒汗，這次對方數目之多，連她都算不清了。

她耳中卻依然聽到舅舅發出狂笑：「一群屁狗，倚多欺少是吧？」

隨即，小女孩感覺到衣櫃整個震動起來，不，是整棟房子都在劇烈搖晃。

一場淒慘無比的大戰開打了。

連續不斷的肌肉轟擊聲，連續不斷的垂死哀號，甚至有鮮血潑灑到地上的嘩啦聲。

不知道過了多久，小女孩用小手摀住耳朵，她已經無法再忍受任何一聲的臨死哀號了。

尤其當她想到，裡頭可能有一聲哀號，是從她親愛的舅舅嘴裡所發出來的時候。

她用力摀住耳朵，閉上眼睛，她不敢看，不敢聽。

「舅舅，你一定要活下去啊。」

外篇第五話《地獄旅者舅舅》

咦?不知過了多久,屋子的晃動停了。

小女孩緩緩放下摀住耳朵的雙手,緊張的傾聽著,此刻,衣櫃外頭只剩下一個非常濁重的喘氣聲。

然後,她聽到一聲清晰的咒罵聲。

「呸!屍狗!」

她幾乎要歡呼起來,是舅舅!他竟然從剛才的激戰中存活了下來。

「一、二、三……十九、二十、二十一,呼呼。」舅舅喘著氣,「殺了二十一隻屍狗,也夠本了。」

小女孩的眼眶忍不住溼了。

她都不知道,原來舅舅這麼厲害,面對在三十分鐘內,將B族七百隻吸血鬼,屠殺殆盡的E族吸血鬼,竟然在一對二十一的情況下,還能取勝!

門外,舅舅單手撐著身子,慢慢的坐下。

他知道,剛才負責攻擊這一區的E族吸血鬼,已經全被他給引來了。

既然他們全部都變成了屍體,在其他的E族吸血鬼趕來之前,他應該有短暫的休息時間。

但是，他比誰都清楚，這次E族吸血鬼肯定是傾巢而出。E族有將近三百隻吸血鬼，數目雖然不到B族的一半，可是每隻都是以一擋百的怪物。

而且，傳說中E族吸血鬼的女王，恐怕此刻也來到這裡了。

那個令整個地獄都聞風喪膽的血腥女王，應該是這次屠殺的主謀。

突然，舅舅半閉的眼睛，整個睜開，精光大盛。

不太對……聲音……聲音停了……聲音是什麼時候停的？

原本在屋外不斷高聲呼嘯，以獵殺B族倖存者為樂的E族吸血鬼。他們的叫囂聲音此刻都停了，只剩下讓人驚疑的安靜。

舅舅甚至感覺到，這些混蛋E族吸血鬼們開始收攏，從四面八方往這頭飛躍而來。

就在此刻，舅舅突然眼睛一花，一個血紅的身影，有如閃電般，瞬間出現在他眼前。

舅舅還來不及出手，肚子就先挨了一腳，腳勁強橫，把他整個人踢飛起來。轟的一聲！舅舅背脊撞上牆壁，灰塵被震的簌簌落下。

然後，舅舅一個緊急轉身，剛好躲過緊追而來的一腳，這腳猶如雷霆巨錘，破入地板之中。

然後，一個嗓音低沉，偏偏語調如同女孩的聲音，從那個腳主人的口中發出。

「哎啊啊，好厲害啊，明明被人家踢中，還趁機反擊。」

只見這紅衣身影的腳上，清楚的五條爪印，舅舅雖然屈於下風，卻能乘隙反擊。

「過獎了。」舅舅擦了擦嘴角溢出的血，慢慢的起身，嘴角掛上一絲冷笑。「終於把妳引出來了。E族吸血鬼的女皇，血腥瑪麗。」

外篇第六話《血腥瑪麗》

「哎啊啊……原來你認識人家啊。」這名為「血腥瑪麗」的女人，穿著一身大紅的蓬蓬裙，臉上皺紋密佈，偏偏裝出女孩子的可愛模樣，讓人一見就倒盡胃口。「我的手下說，城鎮中有一個難纏的B族吸血鬼，就是你吧？」

「真是過獎了。」舅舅冷笑，「如果妳說的手下，是現在躺在地上這些屍狗的話。」

「哈哈。」瑪麗笑了起來，右手血紅爪子瞬間暴長，「B族吸血鬼中，竟然還有這麼一個可愛的傢伙，我真想好好的疼愛你啊！」

「哈。」舅舅笑了起來，吸血鬼的獠牙閃閃發光，「抱歉，我對又老又醜的老太婆，沒有興趣。」

「老太婆？你還真敢說啊？」瑪麗臉色閃過一絲殺氣。

碰，兩人談笑間突然出手，舅舅的黑色身影和瑪麗的鮮紅爪子一來一往，展現了超越吸血鬼的速度和力量，同時劃破對方的肌膚。

躲在衣櫃的小女孩，身軀又莫名發起抖來。

因為她的直覺告訴她，這位E族吸血鬼女王，是非常恐怖的一個吸血鬼。

舅舅再強，也不可能是她的對手。

激戰！只有短短的三分鐘，對血腥瑪麗和地獄旅者舅舅這樣級數的強者來說，已經足以看出勝負。

血腥瑪麗左手軟軟垂下，被舅舅強大的拳勁給轟到經脈寸斷，短時間內不可能再抬起了。

可是舅舅這邊卻是更慘，他單膝跪地，右臉整個被血腥瑪麗爪子削爛，深可見骨。

身上的血汩汩湧出，把他原本的黑衣染成了紅色。

這場B族和E族頂級吸血鬼的對決，勝負已經非常明顯了。

血腥瑪麗悠閒的踱著步，慢慢繞著舅舅周圍梭巡著，如同一隻野獸面對垂死的獵物，在尋找最好下口的位置。

「嘿。」血腥瑪麗笑著說，「我決定給你一次機會，就連我們E族也沒有像你這麼強悍的鬥士，加入我們吧！我饒你不死。」

「哈哈。很抱歉。」舅舅滿臉是血，口齒不清的說：「我是個吸血鬼，正正常常的吸血鬼，對當屍狗沒有興趣。」

「哎啊啊。」血腥瑪麗的嘴角抽動了兩下。「我們可是最偉大的吸血鬼E族啊，看看你們B族，放棄了吸血鬼最重要的戰鬥，變成什麼樣子？短短三十分鐘就被我們盡數殲滅，這是站在生物系頂端的吸血鬼應有的模樣嗎？」

「哼。」舅舅哼的一聲。

「還有，看看你們村莊！你們簡直污辱了尊貴的吸血鬼。你們竟然容許其他低下的妖怪和你們同住，把整個城鎮變成什麼，養殖場嗎？我們可是最尊貴最偉大的吸血鬼。你們竟然這麼不自愛！為了維持我們吸血鬼的尊嚴，你們是非死不可。」血腥瑪麗冷冷的說。

「真不愧是屍狗，說的話都像狗屁。」舅舅冷笑。

「哼。」血腥瑪麗額頭上的皺紋跳了幾下，「不過你不同，B族中竟然還有像你這樣的戰士。什麼！你是地獄旅者？你……原來不過是個可恥、骯髒、愚蠢的流浪漢，我們偉大的吸血鬼血統，都被你們B族玷污了！可惡！」

「殺死我吧。」舅舅抬起頭。「反正滿腦子狗屎的你們，除了不斷的殺戮之外，也不會做其他的事情。」

「想找死還不容易？」血腥瑪麗右手高高舉起，尖銳的爪子在空中發出可怕的閃光。

舅舅嘴角輕輕揚起，雙眼閉上。

「等等……」血腥瑪麗右手仍然高舉沒有落下，那雙邪惡的眼睛，左右飄移著，好像在思考著什麼。「為什麼？你為什麼要逼我趕快殺了你？」

「屍狗女王！你說什麼？」舅舅倒吸了一口涼氣，眼睛睜開。

「不對不對喔，寶貝。」血腥瑪麗深紅的身影，慢慢的在房間中移動著。「我剛才在想，以你的身手，為什麼我來之前不逃走？E族吸血鬼又有誰阻止的了你呢？」

「因為我要親手宰了你！」舅舅聲音顫抖，怒吼道。

「不對喔。」血腥瑪麗邪惡的笑著，蒼老的臉龐閃出恐怖的光芒，「你為什麼堅持要在這個房間呢？你捨不得走？難道……你在保護什麼？」

「……」

「發現不是我對手之後，就想趕快被我所殺，這樣，我也許就會離開這個房間了。」血腥瑪麗繼續說：「你怕我在房間待太久，會發現什麼好玩的東西嗎？親愛的寶貝！」

「哈哈哈……哈哈哈哈……」突如其來的，舅舅仰頭大笑起來。

外篇第七話《舅舅送妳一程》

「哈哈哈哈哈……哈哈哈哈……」沒有預警的，舅舅發出了不可自禁的狂笑。

血腥瑪麗一陣錯愕。「有什麼好笑？」

「哈哈哈哈哈……」舅舅一邊笑，一邊站了起來，身體不偏不倚的靠在衣櫃上。

「有什麼好笑的！」血腥瑪麗皺起眉頭，怒道：「別以為裝瘋賣傻就可以混過去。」

「哈哈哈哈……」舅舅笑聲陡然一停，轉頭對衣櫃說道：「小女孩，還記得『蝠化』翱翔吧！」

「什麼？」血腥瑪麗聽的錯愕，「蝠化？！」

「嗯，記得。」躲在衣櫃裡頭的小女孩，用力的回答。

「真乖。」舅舅一笑。

嘎的一聲，衣櫃的門被拉開，一個滿身鮮血，已經不成人形的舅舅，就站在小女孩的面前。

舅舅臉上依然掛著那溫柔的笑容，看著小女孩。

只是此刻他的雙眼，卻盈滿了淚水。

「小女孩啊，舅舅不夠爭氣，接下來要靠妳自己了。」

「舅舅……」小女孩看到舅舅如此淒慘的模樣。不由伸出手，摀住了嘴巴。

舅舅沒有說話，伸出雙手，把她整個人抱起。

同時，舅舅的背後，傳來血腥瑪麗的怒吼，「原來是藏了一個小鬼在衣櫃裡頭，你們兩個一起死吧！」

面對血腥瑪麗的爪子，舅舅動也不動，滋的一聲，任憑爪子貫穿他的胸部。

「啊……」從血腥瑪麗到小女孩，同時驚呼起來。

舅舅完全不顧自己的傷勢，在小女孩的額頭上輕輕一吻，溫柔的說：「舅舅送妳一程，要拼命飛啊。」

說完，舅舅右手臂青筋暴露，執起小女孩，

「喝！！！！！！」

舅舅右手使勁一拋，爆發生命僅存的力量，把小女孩往天空扔去。「飛吧！」

血腥瑪麗見狀，發出怒吼，就要飛身追上，突然腰部一緊，被一雙染血的粗壯臂膀給摟住。

是舅舅，他狠狠地抱住血腥瑪麗，笑道：「留下來陪我吧。」

血腥瑪麗發出狂吼，右手揮舞，不斷的對舅舅斬下，鮮血亂噴，可是無論舅舅受了多重的傷，那雙臂膀，始終堅強如鐵箍，緊緊拉住血腥瑪麗。

混亂中，血腥瑪麗高聲發出命令，「所有的E族吸血鬼聽著，把那個小女孩給我追回來殺掉！」

這句話剛說完，整個城鎮登時騷亂起來，上百個黑影同時升起，百隻翅膀同時一震，往小女孩背影追去。

窗外，小女孩被舅舅高高拋起，這灌注了舅舅最後生命力的一擲，把她帶進了天空的最深處。

遠遠的拋下了那些E族吸血鬼們。

隨著底下的城鎮，越來越渺小，天空中的風，也越來越涼。

她吸血鬼的雙翅，迎著風伸展開來，『蝠化』飛行開始。

小女孩咬著牙使勁的飛著，她腦海不斷浮現舅舅，和媽媽的身影。

莫名的，她感到臉頰一片冰涼，原來是剛才流下的淚水，被高空的強風吹乾了，她腦海裡與舅舅曾經說過的對話，自動開始播放起來……

『舅舅，再多說些故事給我聽嘛！』

『舅舅我要聽陽光的故事！』

『舅舅，我能見到聖佛地藏王嗎？』

『小女孩，要拼命的飛喔。』

⋯⋯⋯⋯⋯⋯⋯⋯⋯

淚水不斷的從小女孩的臉頰流下，一遇到了高空的強風，只剩下依附在臉上的冰涼淚痕。

她回想起母親那雙溫柔又粗糙的大手，總會在她全身潮溼的時候，細心把她身體擦乾的大手。

母親總是一邊擦著她的身體，一邊輕輕的說著，「媽媽不求妳當個偉大的吸血鬼，只要妳平平安安就好。」

還有，媽媽的最後一眼，那個熟悉的眼神，充滿了關愛、不捨、依戀，彷彿早就知道他們即將面臨的生死離別。

小女孩一想到媽媽，眼淚更是無法控制的不斷湧出。

還有舅舅，那個總是被媽媽嘮叨的小舅，總是喜歡抱著小女孩談天論地，說著地獄中驚險經歷的舅舅。

她沒想到舅舅真的如此厲害，竟然一人打敗超過二十隻E族吸血鬼。

她想到舅舅那些精彩刺激的故事，以及趁著媽媽不注意，偷偷逗弄她的調皮。

小女孩，嘴角忍不住揚起一絲笑意，旋即又被淚水取代。

還有舅舅摸著她的頭，讚嘆的說：「小女孩，妳有旅者的眼神喔，將來翻越嘆息之壁的人，可能就是妳啦。」

以及最後一幕，舅舅在她額角留下那一個溫柔的親吻後，用盡生命的力量，把她送上天空。

一直到最後，原本可以逃脫的舅舅，都沒有放棄保護她，他一直堅持著對母親的承諾。

母親嚴肅的臉，溫柔的大手，舅舅的微笑……這些回憶，在高空咻咻的強風中，在小女孩的腦海中穿流而過。

小女孩的眼前朦朧一片，淚水早已模糊了她的視線。

外篇第八話《吸血鬼的希望》

「為什麼？」

此刻，血腥瑪麗停止對舅舅身軀的虐殺，她挺直腰桿，看著遠方的天空。

「……」舅舅仍然用他的雙臂，緊緊箍住血腥瑪麗的腰部，全身上下傷痕累累，已經找不到一塊完整的皮膚。

「旅者，我不懂你。」

血腥瑪麗依舊看著天空，那種令人倒胃的說話腔調不再，換回她原來低沉的磁性嗓音。

「你這樣的力量，要逃走還不容易？為了一個什麼都不是的女孩，你甘願犧牲生命，我不懂，身為能跟我對戰的頂級強者，你的行為實在奇怪。」

「為什麼……」舅舅咳了兩口鮮血，濺了血腥瑪麗鮮紅的禮服，將衣服綴飾得更加豔紅。「妳有沒有看過一望無際的地獄第十層，那種天地間齊一的白？妳有沒有見過在第地獄七層古老的建木，那種高聳入雲可以震撼靈魂的孤傲？妳有沒有看過地獄第九層的寒冰，那氣勢萬千的萬里冰壁？妳有沒有看過地獄第八層的地獄之海，洶湧的大浪，以及體驗海洋生死搏鬥的驚險？妳有沒有聽過地獄第二層奧菲斯的神曲？那可以淨化心靈，讓人遺忘一切痛苦的神聖之音？」

「沒有，都沒有。」血腥瑪麗想像著舅舅口中那些美麗神奇的事物，搖了搖頭。

「我有，因為我是地獄旅者。」舅舅嘴中的血不斷湧出來，可是他仍堅持繼續說著：「可是，我沒看過人們口中的『日出』。那是被人類公認最美的景色，傳說中，那是可以把一切都昇華淨化的終極美景啊！」

「……日出……那不是陽光嗎？」瑪麗歪著頭問道。

「是，是陽光，而那個小女孩的願望，就是『陽光』。」舅舅不顧自己的傷勢，繼續說著：「我看到她的眼神，我就知道那是旅者的眼神，她一定能走進『陽光』裡。有一天，她一定能打破千年吸血鬼的詛咒，成為第一個撫摸『陽光』的吸血鬼，而且她一定也能見到人類傳說中的『日出』。她一定可以的！」

「……」血腥瑪麗沉默。

忽然舅舅笑了，那是非常滿足的笑容，沒有一絲悔恨。

「所以當妳問我，為什麼我要拚死救她？因為她是『希望』，她是我們吸血鬼的『希望』！她是可以帶領吸血鬼走進陽光的希望……」

「希望嗎？」血腥瑪麗靜靜的說著：「如果你口中的『希望』，可以逃脫E族吸血鬼追殺的話……」

「……」

「喂！」血腥瑪麗伸手搖了搖舅舅的身體，「你還在嗎？」

「…………」

「啊……死了啊……」血腥瑪麗靜靜的注視著舅舅的屍體，整整三分鐘，沒有說半句話。

她甚至沒有掙脫舅舅因為死亡而鬆弛的雙臂。

「數百年來，我玩過無數的男人，第一次覺得有夢想的男人最帥。」血腥瑪麗嘴角隱隱上揚。「……就讓你多抱一會好了。」

血腥瑪麗再度抬頭，望著天空。

「就算送給這位地獄旅者的禮物，小女孩，我不會親自出手。如果這樣的情況下，妳還能逃脫我們E族的追蹤，我就承認……妳是個『希望』。從今以後，饒妳三次不死。」

外篇第九話《赤足老人》

對於一隻只有十歲大的小吸血鬼來說，長時間進行蝠化飛行，是非常吃力的。

而小女孩的雙翅早就因為連續拍動，而感到又痠又疼，她好想降到地面上，好好睡一覺，等到第二天醒來，又可以見到媽媽和舅舅。

她好希望這一切悲劇，都只是一場夢而已。

就在此刻，背後傳來細微的翅膀拍動聲音，驚醒了她的幻想。

她一回頭，赫然發現幾個E族吸血鬼，進入蝠化飛行的狀態，並且以壓倒性的速度，對著她追來。

E族的追蹤和飛行能力，果然遠遠在B族之上！

「找到了，那個小女孩！她就在那裡！」幾個E族吸血鬼看到小女孩，大聲呼喚夥伴。

小女孩四處張望，只見從遙遠的地方無數的黑點正往自己圍攏，黑點越來越清晰，甚至隱約可見黑點上的翅膀拍動，小女孩急得想哭，E族吸血鬼的速度好快，竟然已經追上來了！

「怎麼辦？」小女孩尖叫，她不斷的拍動翅膀，想要加快速度。

可是，年紀幼小的她，怎麼可能飛的過成年的E族吸血鬼，只一轉眼，對方又追近了數百公尺。

她死命的拍著翅膀，快啊！快啊！我要逃走！我不能辜負舅舅的犧牲！

我一定要逃走才行。

但現實畢竟是殘酷的，一隻飛得最快的E族吸血鬼已經追上她了。

突然小女孩覺得背心一痛，翅膀被對方抓傷了。

「啊！」小女孩吃痛，翅膀欲振乏力，身體一歪，斜斜的往底下的荒野墜落。

「到手了！」數隻E族吸血鬼同時大笑，向下俯衝，有如黑色的砲彈，要獵殺這個B族最後的小小倖存者。

小女孩不斷落下，閉著眼睛，眼淚又不爭氣的流下，「怎麼辦？我會死在這裡嗎？」

眼看地面離自己越來越近，就要墜落地面了。

她小小的腦袋瓜，仍想不出任何逃脫的方法。「對不起……舅舅……我要辜負你的期望了。」

距離地面，只剩下最後的十公尺，小女孩甚至放棄了用來減低撞擊傷害的體勢，用頭對著地面。

她想如果在此撞死，也是一了百了，至少不用再忍受那些E族吸血鬼的折磨。

距離地面，剩下三公尺。

小女孩在狂嘯的風聲中閉上眼睛，想像自己摔死，至少還可和媽媽舅舅在一起。

兩公尺……

還有爸爸，他們一家終於可以團聚了。

一公尺……

小女孩雙眼用力閉緊，準備承受致命的衝擊，這衝擊可是會讓腦門瞬間暴碎的！

可是，過了良久，良久。

那應該來自地面的衝擊，始終沒有從她的頭頂傳來，時間彷彿停止了。

於是，她訝異的睜開眼睛。

卻看到一雙滿是傷痕和皺紋的粗糙大手，正把她輕輕托住。

「媽媽是你嗎？……不……不對！」小女孩感覺這雙手，比媽媽的手更大，而且粗糙不堪，彷彿歷經過千萬種焠鍊，變得又硬又老。

但是，來自掌心的溫暖，卻跟媽媽一模一樣。

「是誰？」小女孩連忙抬起頭，用眼睛尋找這雙手的主人。

只見她的上方，一個佈滿皺紋的老和尚，正對她露出慈祥的微笑。

「您……您……謝謝您……」小女孩對這個老和尚感到陌生，「請問您是？」

就在此時，遠方的天空又傳來E族吸血鬼空的尖嘯。

「請您快逃，那些吸血鬼很可怕！請您快逃……別管我……」小女孩惶急的說。

老和尚卻只是搖搖頭，仰望著天空盤旋呼嘯的黑色蝙蝠。

「小女孩別擔心啦。」這時老和尚的身旁，一個年輕人笑著說道：「在他面前，地獄沒有人稱的上可怕。」

「啊？」小女孩露出不解的神色。

老和尚沒有說話，轉身把女孩抱給那個年輕人。

「放心，這小女孩交給我。」年輕人伸手接過。「我萊恩在地獄中，老是在照顧小女孩，早就習慣了。只是可惜你舅舅已經犧牲了，我們太晚接到消息，終究遲了一步，唉，痛失一個好友啊。」

老人對女孩瞇著眼睛，慈祥一笑，然後慢慢走向前，迎向惡狠狠的E族吸血鬼。

「老爺爺……危險……」

可是，小女孩話沒說完，就突然住口，因為她發現了一件事。

這個老爺爺的雙腳，竟然沒有穿鞋子。

瞬間，她腦海中浮出舅舅親切的笑容，還有他曾說過的話……

「聖佛地藏王從不停止在地獄中遊歷，他赤著雙足……走遍高山大海，寒冰烈火，而且只要有他在的地方，就有正義和和平……也許有天，他也會來到我們村莊，到時候妳就可以問他啦！」

然後，那個老爺爺身體周圍，緩緩的浮出一層金黃色的佛光。

「可視靈波……」年輕人讚嘆的說，「每次看到這麼清楚的可視靈波，還是會覺得很厲害。」

接下來發生的事情，讓小女孩一直到長大，都無法忘記眼前一幕給她的震撼。

這些在短短三十分鐘，毀滅七百人城鎮的E族吸血鬼們，前仆後繼，發瘋似的往這個老爺爺身上衝去。

老爺爺，不，應該稱他為『聖佛．地藏王』。

他沒有開口，只是沉默的往前走著，圍繞在他周圍的佛光，先是微微收縮，然後轟然爆開。

佛光像是海嘯一樣，金色的光芒整個爆開來，頓時席捲了整片荒原。

飛舞的E族吸血鬼們還沒搞懂發生什麼事，就全部被佛光吞噬了，連一點骨灰都沒有剩下。

小女孩全靠這名年輕人的保護，才沒有被佛光傷害。

然後，聖佛不發一語，緩緩的走向小女孩的城鎮。

小女孩睜著大眼睛沒有說話，她心裡隱隱明白，血腥瑪麗完蛋了。

這場吸血兩族族的戰鬥結果，是B族被E族全滅，而E族作惡多端，被聖佛一人全滅。

外篇第十話《尾聲》

後來，小女孩在聖佛和年輕人的安排下，被一對溫柔的白虎精夫婦撫養，逐漸長大。

小女孩非常努力，後來考上了位於地獄第二層的『地獄學院』。

不僅在當時以第一名畢業，更以極高的分數，錄取了獵鬼小組。

後來更轉任到當時最危險，也最優秀的『曼哈頓獵鬼小組』，成為世界頂尖的獵鬼小組成員。

她的聰明，美麗，犀利，甚至被地獄雜誌評為『獵鬼小組最佳偶像』。

她一直到完全成年，任職獵鬼小組時，才有資格調閱到整個事件的始末。

一段關於古老吸血鬼戰鬥的記載。

『地獄紀元XXX年XX月XX日

標題：地獄吸血鬼滅族事件。

曾經強極一時的吸血鬼族，為什麼如今會成為地獄中的少數民族呢？

因為曾經發生過一場慘烈的滅族事件，好戰的E族突襲文明的B族以強大的壓倒性武力將B族徹底滅亡。

可是，同時因為E族手染太多血腥，又幹出滅亡自己吸血鬼族，這樣不可饒恕的惡事。於是，地獄聖佛．地藏王，在地獄旅者夥伴XXX的求救下，趕去支援。

但是為時已晚，聖佛不得已之下出手，殲滅作惡多端的吸血鬼E族。

激戰過後，E族吸血鬼女王，有著吸血鬼第二號人物（第一號人物是德古拉伯爵）的血腥瑪麗，孤人負傷突圍。

此事件造成了吸血鬼族群的一大銳減，高文明的B族和戰鬥的E族同時滅絕。

吸血鬼遺留下的族人，也成為地獄的孤兒。』

小女孩又找了關於血腥瑪麗的記載。

『地獄紀元XXX年XX月XX日。

血腥瑪麗，原是法國的皇后，後來進入地獄後，成為吸血鬼E族的領袖，她以強大的力量和血腥的手段，率領好殺的吸血E族，在地獄掀起腥風血雨。

後來，吸血E族遭到聖佛親自出手誅滅，身為首領的血腥瑪麗，成為唯一從聖佛手底下逃脫的漏網之魚。

她負傷之後，沉寂數十年，養好傷勢之後再度復出，她召集了地獄中一些邪惡的吸血鬼，四處作亂。

因為她強大的力量和不死人的能力，讓地獄當局頭痛萬分，更將她列為黑榜中十六頭目之一。

紅心Q，是四張皇后中的第二名，此人極為恐怖，懸賞獎金一億兩千萬。

只是，每次作惡之後，她總是在現場，留下一句讓人費解的話，地獄當局視為逮捕她的關鍵。

「『希望』啊，我一直在等妳，讓我看看你是不是像那個男人說的，這麼了不起？』」

女孩長大了。

但是她永遠沒有忘記，自己的夙願「撫摸陽光」，那是曾經是『地獄旅者』的舅舅，最後寄託給她的希望。

還有，她窮盡一生都要完成的任務，也是她加入獵鬼小組唯一的理由。

「她要親手緝捕紅心Q，血腥瑪麗。」

夢境就像一條黝黑的長廊，
女孩，此刻發現長廊的盡頭，有個東西正在閃爍。
她不再猶豫，伸出了手，握住。
然後，一切都清晰起來。

曼哈頓時間十二月十八日。
吸血鬼女，睜開了眼睛。
首先映入她眼簾的，是一個哭累之後，睡著的小女兒。
她沒有驚醒小女兒。
伸出手指，輕輕撫弄的小女兒的頭髮，把她眼角的淚擦去。
「我回來了。」吸血鬼女淡淡的微笑，「曼哈頓，還有親愛的黑榜妖怪們。」
我回來了。

The End...

國家圖書館出版品預行編目資料

地獄系列. 第二部, 地獄遊戲 ／ Div 著. -- 初版.
-- 臺北市：春天出版國際，2006 [民95]
面；　公分. --（奇幻次元；11）
ISBN 986-7135-29-6（平裝）
857.83　　95001800

奇幻次元 11

地獄遊戲

作　　者◎Div
企劃主編◎莊宜勳
發 行 人◎蘇彥誠
封面繪圖◎Blaze
封面設計◎小美@永真急制workshop
美術設計◎陳偉哲

出 版 者◎春天出版國際文化有限公司
地　　址◎台北市大安區忠孝東路四段303號4樓之1
電　　話◎02-7733-4070
傳　　真◎02-7733-4069
E-mail◎frank.spring@msa.hinet.net
郵政帳號◎19705538
戶　　名◎春天出版國際文化有限公司
法律顧問◎蕭顯忠律師事務所
出版日期◎二〇〇六年二月初版一刷
　　　　　二〇二〇年七月初版三十四刷
定　　價◎199元

總 經 銷◎楨德圖書事業有限公司
地　　址◎新北市新店區寶興路45巷6弄6號5樓
電　　話◎02-8919-3186
傳　　真◎02-8914-5524
印 刷 所◎鴻霖印刷傳媒股份有限公司

ISBN 986-7135-29-6
Printed in Taiwan

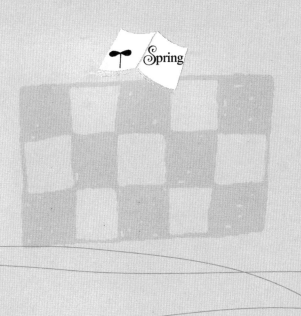

S P R I N G

每一本好書都是一顆種子，
春天播種在你的心田夢土上。

Spring